Mord auf der Stadtmauer

R.E.G. Koebinfeld

Mord auf der Stadtmauer

Ein mittelalterlicher Bonn-Krimi

Mit Augenzwinkern und großem Vergnügen haben wir die eine oder andere bekannte Bonner/ Endenicher Person auf eine Zeitreise geschickt. Wo das geschehen ist, ist das sofort und deutlich zu erkennen. Alle anderen Personen sind völlig fiktiv, und der geneigte Leser sollte nicht versuchen, etwas in sie hineinzugeheimnissen, was nicht da ist.

Selbstverständlich wünschen wir allen Personen in unserem Buch gute Gesundheit und ein langes Leben!

Die Verfasser

Bibliografische Information der Deutschen Nationalbibliothek:
Die Deutsche Nationalbibliothek verzeichnet
diese Publikation in der Deutschen Nationalbibliogra-
fie; detaillierte bibliografische Daten sind im Internet
über http://dnb.dnb.de abrufbar.

Herstellung und Verlag: BoD – Books on De-
mand, Norderstedt

ISBN: 9783752811612

Inhaltsverzeichnis

Sommerglut

Josef schwitzte.

Seit Tagen hatte es nicht geregnet. Die Sonne schien an diesem Montag unbarmherzig von einem wolkenlosen Himmel. Das war gut für die Heumahd, aber schlecht für Mensch und Vieh, die nach Abkühlung lechzten. Zudem drückte die Trage mit Brennholz, die er auf seinem Buckel von Endenich nach Bonn trug. Einzelne kleine Zweige stachen in seine Haare, und mit jedem Schritt wurde ihm die Last schwerer, obwohl er ein kräftiger und gesunder Mann in seinen besten Jahren war - im Frühling hatte er seinen 18. Namenstag begangen.

Josef wischte sich den Schweiß aus der Stirn. Am nächsten Baum würde er eine kleine Rast machen und einen guten Schluck kalten Wassers aus dem En-denicher Bach schlürfen. Dort wurde er bereits er-wartet: Auch sein Freund Jakob hatte den Schatten der Eiche gesucht. Grinsend sah der Köbes seinem Freund entgegen.

»Sieh da, der Jupp, als Esel verkleidet. Wo geht's denn hin?«

Josef stellte seine Trage in das Gras, ließ sich selbst danebenfallen, schlüpfte aus seinen drücken-den Holzpantinen und wischte sich mit der Hand ein weiteres Mal über die Stirn. »Ins Hospital. Die brau-chen das Holz für den Herd. Als ob wir nicht genug zu tun hätten.« Da hatte Josef Recht. Auf dem Propsthof in Endenich, auf dem Josef in Stellung war, war kein

Maulaffen feilhalten. Allerdings gehörte es zu den Pflichten des Propsthofes, das Aegidius-Hospital in Bonn mit Brennholz zu versorgen. Im Sommer mußte ja nur das Holz für die Küche geliefert werden. Im Winter, wenn alle drei Feuerstellen des Hospitals befeuert werden mußten, war wesentlich mehr Holz zu schleppen. Im letzten Winter war der alte Rupert beim Holzschleppen so elendiglich auf dem Eis ausgerutscht, daß er sich den Oberschenkel gebrochen hatte. Er war noch zum Propsthof zurückgetragen worden, aber dort kam er ans Liegen und war wenige Tage später unter hohem Fieber gestorben.

»Mit uns können sie's ja machen«, brummte der Köbes. »Immer dürfen wir schuften für die Herrschaft.«

»Na ja«, räumte Josef ein. »Es hat ja auch sein Gutes. Schließlich kann ich so vielleicht meine Helene sehen.«

»Helene? Kenn ich die? Erzähl mir alles.«
Und Josef erzählte.
Bei dem Gedanken an Helene lief ein Lächeln über sein Gesicht, bestand doch Aussicht auf eine kleine Mahlzeit und, besser noch, auf liebevolle Blicke und den einen oder anderen geraubten Kuß. Helene war im Aegidius-Hospital aufgewachsen, nachdem ihre Mutter in Limperich früh gestorben und die ganze übrige Familie im Winter davor vom Durchfall dahin gerafft worden war. Damit hatte das Waisenkind Helene Pfründe und war gegen die Tradition im Hospital aufgenommen worden.

Dort lebten dauerhaft sonst nur ältere Bürger, die über Pfründe abgesichert waren. Außerdem war das

Hospital kurzfristig für Reisende und andere Bürger in Not zuständig.

»Ich will«, fuhr Josef in seinem Bericht fort, »dem Hospitalmeister ja keine bösen Absichten nachsagen. Aber ich glaube, die haben meine Helene nur aufgenommen, weil sie dachten, daß ein zweijähriges Mägdelein unter den ganzen Kranken bald stirbt, und man dann ihre Pfründe kassieren kann. Wäre ja auch gut möglich gewesen, bei den Zuständen dort. Du kannst dir nicht vorstellen, wie es da stinkt, besonders im Winter. Da sind alle drei Kammern voll mit hustenden und fiebernden Siechen. Selbst für mein Riechorgan ist das eine Zumutung. Und ich habe schon eine Menge Unrat gerochen in meinem Leben.«

»Und das alles hat deine Helene überlebt?« fragte Jakob.

»Jawohl. Die ist stramm und gesund. Obwohl sie hart arbeiten muß in der Küche und bei den Kranken im Hospital.«

»Dann ist sie doch bestimmt ganz abgearbeitet und selber siech?« wollte Jakob wissen.

»Oh nein! Überhaupt nicht! So ein frisches und schmuckes Liebchen ...« Der Josef kam richtig ins Schwärmen über seine 14jährige Angebetete. »Nie verliert sie ihre gute Laune. Und sie ist überhaupt nicht auf den Mund gefallen. Schlagfertige Antworten kann sie geben, aber sie kann auch ganz schön schnippische Bemerkungen machen. Trotzdem hat sie das Herz auf dem rechten Fleck. Und was sich über diesem Herzen wölbt ... ach!« Josef seufzte vor Begeisterung.

»Und bildschön ist sie wohl auch noch?« spottete Jakob. »Ich glaube, du übertreibst, mein Bester.«

»Und ob sie bildschön ist. Schwarze Locken hat sie wie eine Welsche, lustige dunkle Augen und einen Mund ach, Köbes! Rot und weich, gerade richtig zum Küssen.«

»Vorsicht, Josef! Ich glaube, du hast dich in eine Buhle vergafft!«

»Wo denkst du hin?« ereiferte Josef sich. »Meine Helene ist ein anständiges Mädchen! Ich kann ihr zwar den einen oder anderen Kuß rauben, aber mehr ist nicht drin. Vielleicht kann ich sie ja zu einer ehrbaren Ehefrau machen...«

»Du? Als Knecht heiraten? Ohne Geld? Dir deine Ehefrau selber aussuchen? Du bist ein Tagträumer!« warnte der Köbes.

»Vielleicht nicht«, beendete Josef seinen Bericht, »ich könnte doch die Stelle des alten Ruppert bekommen. Eigentlich wollte der Halfen die meinem Bruder Karl geben, aber den hat der Gaul des Halfen auf der Stirn getroffen, und seitdem hat er die heilige Krankheit. Unsere Mutter hat ihn zwar gepflegt; Tag und Nacht ist sie nicht von seinem Lager gewichen, wie er so bewußtlos lag. Aber jetzt ist der Karl streitsüchtig und fällt ab und zu mit Schaum vor dem Mund zu Boden und zuckt dann ganz erbärmlich. Der gibt keinen Pferdeknecht mehr ab. Und unsere Mutter ist auch schon 45 und nicht mehr die Jüngste, und dann hat sie noch Karls zwei kleine Halbwaisen am Hals ... Wär schon gut, wenn ihr eine junge Frau helfen könnte. Und ich glaube, die Helene wär genau die Richtige.«

»Na, viel Glück«, sagte der Köbes. »Vielleicht klappt es ja.«

»Das hoffe ich auch. Aber jetzt muß ich weiter. Mach's gut, Köbes.«

Mit diesen Worten stand Josef auf, schlüpfte in seine drückenden Pantinen, schulterte seine Trage und machte sich auf den Weg. Nach gut einer halben Stunde hatte er die Stadtmauer erreicht und trat durch das Mühlheimer Törchen. Der direkte Weg von Endenich wäre durch das Sterntor gegangen, aber dann hätte Josef über die Pisternenstraße noch am Marktplatz mit seinem Gedränge vorbeigemußt. So hatte er einen kleinen Umweg am Dörfchen Mühlheim vorbei gemacht, aber das ging zu Fuß immer noch schneller. Er lief hinter der Gangolfkirche nach rechts und versuchte, sich seine Füße am Ychpohl nicht zu schmutzig zu machen. Die Brühe des Ychpohls stank an diesem heißen Tag noch mehr als sonst. Auf der rechten Seite kam er jetzt zum Münster und bog nach links zum Aegidius-Hospital ein.

Das Hospital stand auf der Ecke Münsterplatz und Remigiusstraße und stellte einen stattlichen dreistöckigen Bau mit einer kleinen Kapelle auf seiner linken Seite dar. Wie jedes Münster in der christlichen Welt mußte auch das Bonner Münster ein solches Hospital unterhalten. Wie sollten sonst die Christenmenschen genug Gelegenheit haben, Nächstenliebe zu zeigen und für die Armen, Kranken und Alten zu spenden? Der Endenicher Pfarrer, Pater Engelbertus, hatte ihnen in seinen vielen Predigten vor der anstehenden Feldarbeit immer wieder eingebläut, daß sie sich durch mildtätiges Verhalten einen Teil des Fegefeuers ersparen könnten. Die reichen Herren hatten es da etwas einfacher, die brauchten nur eine größere Geldmenge für die Armen zu spenden, und schon waren ihnen wieder ein paar Sünden erlassen.

Aber Josef hatte jetzt angenehmere Gedanken und überlegte, ob seine Helene ihn wohl in der Küche erwartete. Schon stand er vor dem Hospital; das Münster, die Gangolf und die Martinskirche lagen hinter ihm, und rechts in Richtung Markt konnte man die Remigiuskirche über den Häusern der Kanoniker sehen. Gerade läuteten die Glokken zur Non von der Martins-Kirche, die zwischen dem Münster und der Stadtmauer in ihrer rundlichen Form zu sehen war.

Als er sich vor dem Hospital nach dem heißen, beschwerlichen Gang mit der Trage auf dem Bukkel aufrichtete, entdeckte er Helene, die ihm aus einem Fenster aus dem ersten Stock zuwinkte:

»Josef wie gut, daß du da bist! Komm doch zu der kleinen Tür neben der Kapelle!«

»Tag, Leni! Aber gerne doch. Das Holz wird mir ganz schön schwer in der Hitze.« Freudig erregt machte sich Josef auf den Weg.

Wenig später wurde die kleine Tür aufgemacht und Helene, mit rosig überhauchten Wangen, ließ ihn ein.

»Schön, dich zu sehen, Josef«, begrüßte sie ihn. »Ich hab' schon auf dich gewartet«, fügte sie hinzu und errötete noch etwas mehr. Das Rot stand ihr ausnehmend gut, fand Josef, der vor Aufregung erst mal keinen Ton herausbrachte.

»Bring das Holz in die Vorratskammer und komm dann in die Küche«, sagte Helene. »Der Hospitalmeister ist zur Messe nach St. Martin, und die Pfründer haben schon gegessen und sind versorgt.«

Sie sah umwerfend aus, fand Josef und machte sich schnell daran, das Holz in die Kammer neben der Küche zu schaffen. In der Küche hantierte Helene an einem Kessel, den sie ins Feuer hinunterließ. Das Eisen, an dem der Topf hing, hatte Zähne, um den Abstand zum Feuer genauer einstellen zu können. »Ich leg' nach einen Zahn zu«, meinte Helene und blinzelte Josef an.

Kurze Zeit später hatte Josef einen duftenden warmen Hirsebrei vor sich stehen und wußte gar nicht, wohin er zuerst sehen sollte. Zu dem köstlichen Hirsebrei oder zu Helene, die, von der Seite betrachtet, ihre eindrucksvolle Statur darbot. »Hat es dem Herren die Sprache verschlagen oder schmeckt's nicht?« gickelte Helene nun, was Josef dazu brachte, den Brei gierig zu verspeisen.

»Gibt's bei euch immer so Köstliches?« fragte er, wieder errötend beim Anblick von Helenes ausladenden Konturen.

Das Gesicht von Helene verzog sich zu einer ernsten Miene. »Unser Essen ist deutlich sparsamer. Aber zur Zeit pflegen wir im Auftrag des Münsters eine edle Dame, die auf der Durchreise ist und unter Fieber litt. Sie hat sich gottlob gut erholt. Ich habe für dich etwas von ihrem Essen zur Seite gestellt. Und mein Essen wird bald wohl noch karger.«

»Was ist denn passiert, mein Liebchen?«

Helene seufzte. »Ich habe gestern gehört, was der Hospitalmeister zum Dechanten des Münsters gesagt hat. Die finden, mein Essen kommt sie zu teuer. Dabei arbeite ich hier doch für zwei.« Josef konnte das nur bestätigen.

»Die wollen mich loswerden, weil ich meine Pfründe längst verzehrt habe. Behaupten sie jedenfalls. Einen Winter soll ich noch bleiben dürfen die hoffen wohl, daß ich den nicht überstehe! Denn sie wollen mich zu den Siechen mit Husten und Auswurf schicken. Das überlebt kaum eine Magd. Und wenn ich dann immer noch lebe, wollen sie mich verheiraten. Heilige Mutter Gottes!«

Helene bekreuzigte sich. »An wen die mich wohl verschachern wollen? An einen reichen alten Sack, der eine billige Dienstmagd sucht, die ihm außerdem noch die Bettstatt warm halten soll?« Bei diesem gräßlichen Gedanken kamen ihr die Tränen in die Augen, aber sie faßte sich gleich wieder. »Was erzähl ich dir das alles, gegen den Willen der hohen Herren kann unsereins vom gemeinen Volk ja doch nichts ausrichten.«

Wie sie so dasaß mit verweinten Augen aber aufrechtem Oberkörper und versuchte, gegen die Tränen zu kämpfen, wurde es Josef ganz warm ums Herz, und eine zarte Hoffnung regte sich in ihm.

»Ich hätte da eine andere Idee«, fing er an und wunderte sich über seinen Mut. Helene rückte auf der Küchenbank etwas näher an Josef heran und schaute ihn erwartungsvoll an.

Josef holte einmal tief Luft. »Helene, könntest du dir denn vorstellen, meine Frau zu werden? Ich glaube, ich könnte dich gut versorgen. Ist zwar viel Arbeit bei uns auf dem Propsthof, aber weißt du ...« Josef stotterte jetzt ein wenig. »Ich kann dich richtig gut leiden und hätte dich gerne als mein Weib.«

»Ja, Josef, das will ich gerne«, sagte Helene schlicht. Jetzt waren sie also Brautleute! Würden sie wohl eine Erlaubnis zum Heiraten bekommen? Mit übermütiger Freude nahm Josef seine Helene in die Arme und küsste sie ab; durfte jetzt auch wohl mal an Helenes verlockenden Busen greifen, und da Helene sich ihm freudig entgegenreckte, fanden sich beide bald in inniger Umarmung in der kleinen Holzkammer neben der Küche wieder, wo niemand sie stören konnte...

Als die Münsterglocken schlugen, schreckten beide plötzlich hoch. »Ich bin eingeschlafen«, stammelte Helene. »Die läuten schon zur Vesper. Du mußt los.« Sie richtete ihre Kleider, ging in die Küche und schaute dort aus dem engen Fenster. Die ersten Sterne leuchteten am Nachthimmel. Schreckensbleich trat sie wieder in die Vorratskammer. »Josef!« hauchte sie. »Es hat nicht zur Vesper geläutet, sondern zur Komplet! Wir müssen ewig lange geschlafen haben!« In diesem Augenblick hörte man in der Küche den Hospitalmeister, der ärgerlich nach Helene rief. »Versteck dich hier«, flüsterte sie zu Josef und huschte aus der Kammer.

Josef blieb verängstigt zurück. Wie sollte er wieder nach Endenich kommen? Die Stadttore schlossen zur Dunkelheit, und wenn er morgen früh nicht das Vieh versorgt hatte, würde es nichts mit der Stelle als Oberknecht! Und ohne diese Stelle könnte er weder

Helene noch seine Familie in Endenich ernähren. So ein Elend, er mußte raus aus der Stadt!!!!

Während er die Stimmen von Helene und dem Hospitalmeister aus der Küche hörte, suchte Josef sich möglichst leise ein Versteck hinter dem Feuerholz. Wie er jetzt bemerken konnte, war immer noch genug da. Ob Helene etwa mit einer bestimmten Absicht Holz bestellt hatte? Die Freude über Helenes Mut und Einfallsreichtum brachten Josef nur kurzfristig auf andere Gedanken. Immer wieder kam er zu der Frage zurück: Wie zum Teufel sollte er aus der Stadt kommen? Die Tore waren geschlossen, und auf den Mauern liefen die Nachtwächter. »Heiliger Josef«, betete er still zu seinem Namenspatron, »laß mich ungeschoren aus der Stadt kommen.«

Da fielen Josef Gerüchte ein, die man sich unter den Knechten gerne erzählte. Die erste Stadtmauer um St. Cassius bestand schon viele Jahrhunderte, aber der neuere, wesentlich größere Teil der Mauer war erst nach der Stadtwerdung Bonns entstanden. Unter den Knechten kursierte das Gerede über einen Zwist zwischen den reichen Bonner Kaufleuten und dem Stift von St. Cassius. Die Bonner Bürger mußten die neueren Stadtmauern aufrechterhalten und Leute für die nächtlichen Kontrollgänge abstellen. Für den Bereich der alten Stadtmauer aber bestand die Immunität von St. Cassius; dort hatten die Bürger keine Rechte.

Josef hatte gehört, daß einige Stiftsherren, deren Häuser an der alten Stadtmauer lagen, sich dort regelrechte Gärten angelegt hatten. Angeblich hatten sie ihre Gärten sogar gegen die übrige Stadtmauer durch Tore abgesperrt, und man flüsterte sich zu, daß einige sogar Treppen vom eigenen Haus hoch zur Stadtmauer hätten bauen lassen.

Josef konnte sich nur wundern. Wie sollte denn die Stadtwache hier Wache halten, und was nützte eine Stadtmauer, wenn von überall Treppen über die Mauer in die Stadt gingen?

Dieser Streit zwischen Bürgern und Stiftsherren war sogar bis nach Rom gemeldet worden. Der Papst war erzürnt gewesen über die unbotmäßige Bonner Bürgerschaft, hatte die Stadt mit einem Kirchenbann belegt und die Priester aus der Stadt abberufen. Für den frommen Josef war das eine unfaßbare Vorstellung. Ein Leben ohne Priester, ohne Gottesdienste, ohne Beichte?

Aber was, wenn an den Gerüchten etwas dran wäre? Dann könnte er auf die Stadtmauer gelangen und mit einem Seil hinabklettern. Mit dem Seil war Josef immer schon gut gewesen, das wäre zu schaffen. Ob es irgendwo so eine Stelle gäbe? Josef blieb hinter seinen Hölzern hocken und zermarterte sich das Hirn.

Da huschte eine verzweifelte Helene in die Kammer und hielt ihm sofort den Mund zu. »Psst, der Hospitalmeister schläft noch nicht«, flüsterte sie und drückte sich an ihn. Normalerweise und insbesondere nach diesem Abend hätte Josef sofort lustvolle Gedanken gehabt, aber jetzt hatten beide andere Sorgen. Helene lockerte ihren Griff und langsam bekam Josef wieder Luft. Einige Zeit lagen sie nebeneinander. »Hast du eine Idee, wie ich bis morgen früh nach Endenich komme?« flüsterte Josef. Helene schwieg.

»Gibt es da nicht diese Gärten auf der Stadtmauer?« flüsterte Josef erneut.

»Stimmt!« antwortete Helene leise. »Meine Freundin Anna arbeitet beim Kanonikus Georg von Buschhoven, und die hat so etwas erzählt. Der hat einen Garten auf die Stadtmauer gesetzt und sogar eine Treppe von seinem Haus zur Stadtmauer bauen lassen!!!«

»Weißt du, wo das Haus ist und wie man da hinkommt?« flüsterte Josef mit neu erwachender Zuversicht.

Helene wußte genau zu berichten, daß das Haus an der alten Stadtmauer rechts neben dem Palast des Erzbischofs gelegen war. Über ein niedriges Holztor könne man auf das Grundstück steigen, und dann käme im Hof eine Treppe, die auf die Stadtmauer führte.

Beide überlegten nach anderen Möglichkeiten, aber sie fanden keine. »Woher bekomme ich ein langes Seil?« flüsterte Josef, aber Helene drückte zuversichtlich seine Hand und verschwand geräuschlos aus der Kammer. Nach einigen Minuten kehrte sie zurück und drückte ihm ein langes, schweres Seil in die Hand.

»Das ist aus der Hinterlassenschaft eines Seilmachers, der hier gestorben ist. Es hat keiner vermißt, und da habe ich es erst mal beiseite geräumt. Es müßte reichen.« Helene beschrieb ihm noch genau den Weg zum Haus des Kanonikus Georg, und dann brachte sie ihn heimlich an die kleine Tür neben der Küche. Aufgeregt drückten die beiden sich noch mal aneinander und tauschten verzweifelte Küsse aus.

Dann löste Josef sich von seinem Liebchen und machte sich in der Dunkelheit auf seinen Weg nach St. Martin. Zuvor bekreuzigte er sich und schickte ein weiteres Stoßgebet zu seinem Namenspatron; dann zog er seine Holzpantinen aus und nahm sie in die Hand, um in der Stille der nächtlichen Stadt jedes überflüssige Geräusch zu vermeiden. Der Mond half ihm mit seinem Licht, und Josef hoffte, nicht dem Nachtwächter über den Weg zu laufen.

Die Stadtmauer

Hinter dem Cassius-Stift bog Josef, immer auf der Hut vor unliebsamen nächtlichen Passanten, nach links ein in die schmale Gasse zwischen Stift und Stadtmauer. Erleichtert fiel ihm ein, daß es zum Glück innerhalb der Immunität des CassiusStiftes keine Nachtwächter gab. Nachdem er St. Martin passiert hatte, konnte Josef das erzbischöfliche Haus erkennen. Rechts davon, an die Stadtmauer gelehnt, sah er ein solide gebautes Haus mit einem umzäunten Garten das mußte das Anwesen des Stiftsherrn Georg sein. Seine Helene hatte ihm den Weg gut beschrieben! Er schickte einige zärtliche Gedanken an seine Liebste und freute sich, diesen ersten Teil seines nächtlichen Abenteuers gut überstanden zu haben.

Josef huschte an den Holzzaun und lauschte war da etwas zu hören? Es war bestimmt bald Mitternacht, da waren doch hoffentlich alle Menschen in ihren Betten? Hatte der Stiftsherr möglicherweise einen Wachhund? Aber schließlich war man ja in der sicheren Stadt und nicht auf dem Lande, wo es viel mehr Hunde gab ... er mußte es riskieren. Er klemmte seine Holzschuhe in das Band, das seine Kleidung zusammenhielt, kletterte beherzt über den Zaun und stand nun im Garten des Stiftsherrn Georg. Kein Hundegebell begrüßte ihn, und Josef atmete auf. Nun schnell die Treppe suchen da konnte er sie schon ausmachen im Mondlicht -, auf die Stadtmauer, und dann abseilen und heim nach Endenich!

Unglaublich, daß eine solche Treppe überhaupt existierte, sie schwächte die Stadtmauer ganz erheblich. Auch wenn sie heute nacht für ihn die Rettung war ...

Josef erklomm leise die Treppe, stand jetzt auf der Stadtmauer und sah sich ein wenig um. Ihn erwartete ein völlig unverhoffter Anblick. Was ging hier vor? Links von ihm stand eine Art Zelt, dahinter war ein Tor im fahlen Mondlicht zu erahnen. Da stimmten die Gerüchte tatsächlich: Die Stiftsherren hatten Teile der Stadtmauer durch Tore abgetrennt und betrachteten diese Mauerteile als ihr Eigentum! Der Teufel mußte sie mit Dummheit verblendet haben!

Auf der anderen Seite, rechts von ihm, erblickte Josef jetzt zwei hölzerne Lehnsessel und einen Tisch, auf dem er Krüge und eine große Schüssel ausmachen konnte. Sieh an, hier schmausten die Stiftsherren zu nächtlicher Stunde! Josef kam aus dem Staunen über diese wunderlichen Vorkommnisse gar nicht mehr heraus.

Da gefror ihm das Blut in den Adern: Er hörte Stimmen im Zelt. Hätte er sich doch bloß nicht so ruhig umgesehen, sondern sich schnurstracks über die Mauer abgeseilt! Jetzt saß er in der Falle. Wohin?

In seiner Not machte er einen Rückzug zur Treppe und hockte sich unmittelbar unter der Stadtmauer auf die Stufen. So konnte er heimlich den Kopf heben und sehen, was dort auf der Mauer geschah. Und, noch viel wichtiger, schnell erkennen, wenn die Luft wieder rein war.

Ein dicklicher, mittelalter Mann trat aus dem Zelt und ließ sich auf einen der beiden Sessel fallen. Seine Gewänder verrieten, daß er ein höherer Geistlicher war, aber sie schienen, soweit Josef das im Mondlicht erkennen konnte, arg in Unordnung geraten zu sein. Das mußte der Stiftsherr Georg sein! Und dann Josef wollte seinen Augen nicht trauen erschien aus dem nämlichen Zelt eine Frau, deren Haar selbst im Mondlicht feuerrot leuchtete. Sieh an, der Stiftsherr vergnügte sich auf der Stadtmauer mit seiner Geliebten! Josef fragte sich, ob diese Frau bei Tage nicht das rote Kleid einer Hure zu tragen hatte? Und nun wurde er auch noch Zeuge einer interessanten Unterhaltung, denn der Stiftsherr plauderte ganz ungeniert mit seiner Geliebten: »Setz dich, mein Mädchen. Hier ist noch ein Becher Wein für dich. Das wird dir gut tun nach der harten Arbeit.«

Der Stiftsherr kicherte lasterhaft, trank und rülpste vernehmlich.

»Danke, edler Herr. Ich bin eher hungrig.« Damit setzte sich die Frau hin.

»Hier gibt es noch einige gebratene Hühnerschlegel. Lang zu. Vielleicht kräftigt dich das für ein weiteres Beilager?«

»Ich fürchte, das muß ich ablehnen. Ein bißchen Schlaf brauche ich noch, sonst breche ich morgen auf dem Markt zusammen.« Laut schmatzend machte sich die Frau über ein Hühnerbein her.

»Wie schade. Nun gut, mein Täubchen.« Der Stiftsherr nestelte eine Börse aus seinen Gewändern. »Hier ist dein Lohn.«

Die Frau ließ die Geldstücke in ihrer Tasche verschwinden und wischte sich die fettigen Hände an ihrem Kleid ab. »Dann also eine gute Nacht, Herr Georg.«

»Wann wirst du mich wieder besuchen?« raunte der Stiftsherr.

»Laßt mir durch Eure Magd wieder eine Bestellung an Garn zukommen, dann weiß ich Bescheid und komme am selben Abend.«

»Die Anna wundert sich schon, warum ich plötzlich so viel Garn brauche«, murmelte der Stiftsherr.

»Euch wird schon etwas einfallen, wenn Ihr mich sehen wollt!« neckte die junge Frau und griff zu ihrem Weinbecher.

In diesem Moment hörte man Rufen und Getrappel unten vor dem Haus des Stiftsherrn. Noch mehr ungebetener Besuch? Josef war zutiefst verzweifelt, sein Herz raste. Wohin jetzt?

Auch der Stiftsherr hatte die nächtliche Ruhestörung vernommen. »Was ist das? Kind, versteck dich im Zelt.« Die junge Frau verschwand, der Stiftsherr erhob sich aus seinem Sessel, und Josef nutzte diesen Augenblick der Unruhe, um die zwei Stufen hoch zur Stadtmauer zu laufen und sich links hinter dem Zelt zu verstecken.

Der Krach kam näher, und Josef hoffte, daß niemand ihn im Schatten des Zeltes entdecken würde.

Offensichtlich waren mehrere Männer in den Garten des Stiftsherrn eingedrungen und bemühten sich trotz der nächtlichen Stunde überhaupt nicht, leise aufzutreten. Im Gegenteil. Josef glaubte, eine heftige Wut bei den ungebetenen Gästen auszumachen.

Unten an der Treppe hörte man ein kräftiges Hämmern und Krachen, dann: »Schnell, Männer, macht die Treppe hier unten unbrauchbar, und dann weg mit euch. Ich gehe noch hoch und versuche, das Tor zu zerstören.«

Schritte rannten in Richtung Zaun, gleichzeitig kamen energische Schritte die Treppe herauf. Der Stiftsherr wich zurück, und gerade, als er die äußerste Kante der Stadtmauer erreicht hatte, erschien ein kräftiger junger Mann im Gewand eines wohlhabenden Bürgers in Josefs Blickfeld. Er erkannte sofort Alexander, den Sohn des Bürgermeisters Obesitatis, den er zuletzt auf einer Jagd in Endenich gesehen hatte. Auch der Stiftsherr wußte, wen er vor sich hatte.

»Sieh da, ein nächtlicher Besucher«, dröhnte er. »Wie kommen wir zu dieser Ehre, werter Herr Alexander?«

»Ich komme her, um endlich aufzuräumen mit diesen unerträglichen Zuständen!« antwortete der junge Alexander mit heller Stimme.

»Und wer gibt Euch das Recht dazu?«

»Die Sicherheit unserer Stadt!«

»Das geht Euch gar nichts an, junger Spund.

Herunter und raus mit Euch! Eurem Herrn Vater werde ich ja etwas Interessantes zu berichten haben!«

Mit diesen Worten packte der Stiftsherr den jungen Mann am Gewand und drängte ihn in Richtung Treppe, hatte damit aber keinen Erfolg, denn Alexander wehrte sich.

»So leicht werdet Ihr mich nicht los, Herr Georg!«

»Elender Eindringling!« Und schon waren die beiden Männer in eine heftige Prügelei verwickelt. Der Herr Georg war von wuchtigerer Gestalt als der junge Alexander, aber er war angetrunken und geschwächt von den vorangegangenen Fleischesfreuden, und so mußte er einige Schläge einstekken. Josef hörte hinter seinem Zelt voller Schrecken, wie die Faust des jungen Alexander »Und auch dieser Schlag für Euch, Herr Georg!« auf dem Kopf des Stiftsherren landete. Man durfte doch den hohen Herrn nicht verprügeln! Vorsichtig lugte er um die Ecke und sah in diesem Moment Grauenhaftes: Wütend wehrte der Stiftsherr Alexander ab und warf sich mit aller Kraft gegen dessen Brust. Alexander machte ein, zwei Schritte rückwärts, landete an der Ecke des Tisches, stolperte und fiel so unglücklich, daß er mit dem Kopf auf einer Zinne der Stadtmauer aufschlug. Der Stiftsherr keuchte. Am Boden lag Alexander, bewußtlos. Josef hörte ihn würgen: Der junge Mann übergab sich. Ein paar rasselnde Geräusche folgten, einige Hustenstöße: danach eine beklemmende Stille. Alexanders

Körper zuckte einige Male und blieb dann in einer seltsam unbequemen Stellung liegen. Das fahle Mondlicht beschien einen entgeisterten Stiftsherrn, der sich nun bekreuzigte und vor dem stillen Alexander in die Knie sank.

Ein paar Augenblicke lang geschah nichts. Josefs Gedanken rasten. Was war da passiert? War er Zeuge eines Mordes geworden? Er sackte in seinem Entsetzen still in sich zusammen. In diesem Moment trat die rote Geliebte des Stiftsherrn aus ihrem Versteck und verlor angesichts dieser gespenstischen Szene die Fassung.

»Edler Herr! Jesus, Maria, Josef! Ihr habt ihn umgebracht!« Ihr Geschrei war alarmierend laut.

»Dumme Kuh, halt den Mund!«

»Er ist tot! Er ist tot!«

»Ruhig, habe ich gesagt! Willst du uns beide ins Verderben stürzen!« Herr Georg packte die Frau und hielt ihr den Mund zu, aber sie wehrte sich heftig in ihrer Panik.

Josefs Lebensgeister kehrten zurück. Dieses neuerliche Getümmel war für ihn die beste und wahrscheinlich allerletzte Gelegenheit, den Ort des Verbrechens ungesehen zu verlassen. Schnell huschte er zur Außenmauer, schlang sein langes Seil um eine Zinne und ließ es herunterfallen. Endlich wäre er in Sicherheit!

Doch in dem Moment, als er sich abseilen wollte, blickte der Stiftsherr, der seine Geliebte endlich zum Schweigen gebracht hatte, völlig fassungslos zu ihm herüber. Zu spät? Egal! Nur weg von hier... Josef umklammerte seine Rettungsleine, und mit brennenden

Handflächen für ein vorsichtiges Abseilen war nun wirklich keine Zeit mehr rutschte er in die Freiheit. Er erreichte den Boden sicher, freute sich, daß die Bonner Bürgerschaft noch keine Gräben vor der Stadtmauer ausgehoben hatte, stolperte einmal kurz, richtete sich wieder auf und lief dann los, schnell wie ein gejagter Hase, heim nach Endenich.

Erst auf halber Strecke, nachdem er sich in Sicherheit glaubte und ihn die Seitenstiche unerträglich quälten, setzte er seinen Weg langsamer fort. Nun konnte er nachdenken, und seine Gedanken rasten. Was hatte er da miterlebt war das ein schrecklicher Unfall, oder war er Zeuge eines Mordes geworden? Ein Stiftsherr, der einen angesehenen Bürgerssohn umbrachte: So etwas gab es doch nicht. Man konnte doch einen hochedlen Herrn nicht dem Henker überlassen? Und inwieweit war er selber verstrickt? Als ordentlicher Christ mußte er doch Zeugnis ablegen lügen und vertuschen durfte er nicht, das hatte der Pfarrer oft genug von der Kanzel gepredigt. Aber wer würde denn einem einfachen Knecht Glauben schenken? Sollte er überhaupt etwas sagen? Er war doch selber schuldig geworden, weil er sich mitten in der Nacht auf fremdem Grund herumgetrieben hatte, und das Abseilen über die Stadtmauer war sicherlich auch ein Vergehen, das vom hohen Gericht streng geahndet wurde.

Mit diesen Überlegungen erreichte er endlich den Propsthof. Aber jetzt einfach schlafen gehen? Wo seine Gedanken Purzelbäume schlugen? Josef beschloß, erst einmal zur Lambertus-Kapelle zu gehen und ein Gebet zu sprechen. Da wurden zwar keine

Messen mehr gehalten, seitdem die neue Magdalenenkirche geweiht worden war, aber er war sicher, daß der liebe Gott noch in dieser altehrwürdigen Kapelle wohnte, in der jahrhundertelang der Tod und die Auferstehung unseres Herrn Jesus Christus gefeiert worden war. Wie gut, daß die Tür des Gebäudes nicht verschlossen war. Josef sank in der Dunkelheit vor dem Altar in die Knie und sprach ein wirres Gebet. Heiliger Josef, flehte er, bitte für mich bei unserem Herrn und Gott! Dann sprach er noch ein Paternoster und fühlte sich nun endlich ein wenig beruhigt.

Er kehrte zum Propsthof zurück und schwang sich an der Rückseite des Anwesens von einem Apfelbaum über den Zaun des Hofes. Die Hunde kamen mit Gebell angestürmt, aber Josef konnte sie schnell beruhigen. Er schlüpfte in die Scheune, in der die Knechte schliefen, suchte sich eine freie Ecke im Stroh und versuchte, einzuschlafen. Lange noch lag er wach, bis er endlich in einen kurzen, unruhigen Schlaf fiel.

Auf dem Propsthof

Ein neuer wolkenloser Morgen zog auf. In der Scheune des Propsthofes lagen die Knechte auf ihrem Lager und schliefen dem neuen Tag entgegen, bis sie vom Krähen des Hahnes und einer energisch zur Arbeit rufenden Magd geweckt wurden. Josef wühlte sich völlig zerschlagen und übermüdet aus dem Stroh, fuhr sich mit den Fingern kurz durch die Haare und taumelte in den Hof. Am Brunnen schöpfte er eine Handvoll Wasser und spritzte sie sich ins Gesicht. Ganz in der Nähe, zwischen pickenden Hühnern und schnatternden Gänsen, stand Jakob. Der war schon unverschämt munter und grinste seinem Freund fröhlich entgegen.

»Na Josef«, lästerte er, »wann und wie bist du denn heute nacht hier angekommen? Deine Helene hat dich wohl nicht gehenlassen?«

»Maul halten!« brummte Josef.

Sein Freund war gekränkt; aber er war noch viel zu müde für eine Unterhaltung. Trotzdem, wach werden mußte er, die Arbeit würde nicht warten, bis er munter wäre.

»Was steht denn heute an?«

»Der Halfen will, daß wir am Bach heuen«, erwiderte Jakob versöhnlich.

»Auch das noch.« Das würde kein guter Tag werden. Mit geschulterter Sense machten sich die Knechte auf den Weg.

Aus einer Kate neben dem Propsthof stieß Josefs Bruder Karl zu den Knechten.

»Hallo, Josef. Schlechter Tag zum Heuen. Gibt sowieso Regen heute«, schwallte Karl mit einem Blick zum wolkenlosen Himmel.

Josef bemühte sich mit schwerem Kopf um eine freundliche Antwort. »Wieso? Ist doch wunderbares Wetter.«

»Nicht mehr lange. Ich merk's im Kopf. Das gibt anderes Wetter.«

Schweigen.

Josef hing seinen eigenen trüben Gedanken nach.

Doch Karl redete weiter: »Die Mutter hat dich gestern abend vermißt. Du wolltest doch noch reinkommen zu uns und berichten, wie es in Bonn war. Jetzt macht sie sich Sorgen. Und der Halfen wollte auch was von dir, und du warst nicht da.«

Josef explodierte: »Könnt ihr mich denn nicht einfach in Ruhe lassen? Geht euch nichts an, wo ich war!«

Jetzt war auch Karl beleidigt. »Na gut, wenn der hohe Herr mit unsereins nicht mehr reden will ...« Nun, da Josef auch seinen Bruder verärgert hatte, sprach ihn niemand mehr an. Zum Glück waren sie bald an den Wiesen entlang des Endenicher Baches angelangt und begannen, das Gras abzumähen. Meistens tat Josef das gerne, aber heute wollte sich der richtige leichte Schwung mit der Sense nicht einstellen. Er war nicht bei der Sache. Immer wieder kreisten seine Gedanken um die Ereignisse der letzten Nacht und lenkten ihn von der Arbeit ab.

Was war da eigentlich geschehen? Hatte er sich schuldig gemacht? Hätte er den Tod eines Menschen verhindern können? Hatte der Stiftsherr Georg ihn womöglich erkannt?

Gut, daß nach einigen Stunden eine Magd vom Propsthof mit einem Korb erschien: »Essen!«

Alle waren dankbar für diese Pause in der heißen Sonne, denn es wurde schwül, und im Westen zogen dunkle Wolken auf. Jakob und Josef brachen sich ein Stück Brot ab und suchten sich einen schattigen Platz am Bach, um es zu verzehren und einen kühlenden Schluck Wasser aus dem Bach zu trinken.

Kauend versuchte der Köbes erneut sein Glück. »Josef, laß mich nicht so zappeln. Erzähl doch mal, wie es mit der Helene war.«

»So wie immer«, brummte Josef unwillig. »Hast du sie denn rumgekriegt?«

»Mensch, Köbes! Ich habe dir doch gestern schon gesagt, daß die Helene ein anständiges Mädchen ist! Und jetzt Schluß! Ich habe andere Sorgen!«

Jakob gab nicht auf. »So kenne ich dich nicht, Jupp! Verschlossen wie eine Muschel und randvoll mit Sorgen. Spuck's aus!«

Josef zögerte. Eigentlich sollte er ja mit der Last auf seinem Herzen alleine fertig werden. Aber letztlich wußte er, daß die Ereignisse der letzten Nacht für ihn eine Nummer zu groß waren, und nach einem kurzen Zögern vertraute er sich seinem Freund an und erzählte ihm, was an der Stadtmauer vorgefallen war.

»Heilige Muttergottes«, platzte Jakob raus, »in was für einen Schlamassel bist du geraten!«

In diesem Moment kam der Halfen angeritten und hielt auf die beiden Männer zu.

Der Halfen des Propsthofes war ein großer, kräftiger Mann mit dunklen Haaren und einem kantigen Gesicht, der sich bei seinem Gesinde auf natürliche Weise Respekt zu verschaffen wußte. Das war nicht verwunderlich, denn seine Familie hatte dieses Amt schon seit drei Generationen inne und hatte sich in dieser Zeit große Kenntnisse im Bewirtschaften des Hofes erworben. Bei seinen Leuten war der Halfen trotz seiner Strenge geachtet und beliebt, da er als gerecht und zuverlässig galt. Trotzdem sah Josef ihm nun mit Bangen entgegen.

»Josef, ich habe dich gestern abend gesucht. Ich habe dich nicht mehr gesehen, nachdem du das Holz ins Hospital geschafft hast. Wo hast du nur gesteckt?«

»Oh«, log Josef, »ich war noch bei St. Lambertus beten.« Heiliger Josef, betete er still, verzeih mir diese Lüge!

»Na schön. Wie auch immer ich habe mit dir zu reden. Am besten nach dem Vespermahl. Und jetzt macht hin, Leute, da zieht ein Gewitter auf. Das Heu dahinten«, mit einer weitausholenden Geste zeigte der Halfen auf eine Wiese, die das Gesinde vor einer Woche abgemäht hatte, »müßte jetzt lange genug gelegen haben. Ich will es heute trocken in der Scheuer sehen!« Mit diesen Worten ritt der Halfen weiter.

Die beiden Freunde wanderten hinüber. Ein Karren mit einem Ochsengespann wartete darauf, beladen zu werden.

»Was will der Halfen von dir?«

»Keine Ahnung«, sagte Josef. »Viel schlimmer wie geht es jetzt weiter mit meinem Abenteuer?« Jakob überlegte, während er das Heu mit kräftigen Bewegungen auf den Karren warf.

»Das ist eine Sache, die wir kleinen Leute nicht allein tragen können. Da können wir ganz schnell unter die Hufe kommen. Du solltest dich dem Pfarrer anvertrauen. Der hält doch große Stücke auf dich.«

Zur Beichte? Das war vielleicht eine Lösung. Der Endenicher Pater Engelbertus vom Heiligen Kreuz war ein echter Gottesmann, auf den man bauen konnte. Nach dem frühen Tod von Josefs Vater hatte er sich immer sehr um die verwaiste Familie gekümmert. Der Pater könnte ihm sicher weiterhelfen, seine gequälte Seele entlasten und ihm sagen, ob er sich schwer versündigt hatte. Josef fürchtete nichts so sehr wie das Fegefeuer, das allen uneinsichtigen Sündern drohte, wie es der Pater so oft betonte. Beichte war gut. Der Pater war an das Beichtgeheimnis gebunden und durfte nichts weitersagen, und vielleicht Josef holte tief Luft bekam er ja auch die Absolution und konnte wieder ruhig schlafen. Jede auferlegte Buße würde er dafür hinnehmen!

Die dunklen Wolken zogen näher. Die Knechte luden, so schnell es ging, das Heu auf den Wagen und zogen in Richtung Propsthof. Während sie es noch in die Scheune schafften, fielen die ersten Regentropfen. Glück gehabt! Erschöpft und mit knurrendem Magen gingen die Männer in die Halle, hockten sich auf die Bank am den großen Tisch, zückten ihre Holzlöffel und fingen an, mit gutem Appetit den Gerstenbrei zu essen, der in einer irdenen Schüssel auf die hungrigen Mäuler wartete.

»Das war gut!« Josef, satt und jetzt etwas erleichtert, wischte sich den Mund mit dem Ärmel ab. »Jetzt muß ich noch zum Halfen«, sagte er zu Jakob. »Was der wohl von mir will?«

»Von der Nacht in Bonn kann er doch nichts wissen, oder?«

»Mach mir keine Angst! Aber ich hoffe doch sehr, daß er mir die Arbeit als Pferdeknecht geben will ...«

Josef sprach sich selber Mut zu, ging zu dem vom Halfen bewohnten Teil des Hauses und klopfte an die Tür. Die Frau des Halfen öffnete ihm. Sie war eine ausgemergelte, von der Last des Kindergebärens gezeichnete Frau. Josef fand, daß sie im Laufe der Jahre immer unsicherer und kleinlauter geworden war. Er hatte sich schon manches Mal gefragt, welche Sorgen sie quälten.

»Gott zum Gruße, Josef«, sagte sie. »Mein Mann ist nicht da. Er mußte noch einmal in die Stadt, das Stift hat ihn plötzlich rufen lassen. Du sollst morgen abend wiederkommen.«

Sichtlich erleichtert, auch alles Aufgetragene gesagt zu haben, schloß sie die Tür und ließ einen gänzlich verwirrten Josef im Regen stehen. Was wollte das Stift vom Halfen? Hatte man ihn etwa gestern nacht erkannt? Und warum wollte der Halfen ihn in seinem Haus sprechen? Dazu hatte er doch tagsüber genug Gelegenheit.

Josef erinnerte sich an die faustdicke Lüge, die er dem Halfen aufgetischt hatte, und ging nun tatsächlich zur Lambertus-Kapelle, um sich Verzeihung zu erbitten. Danach lief er zur Kate, in der seine Mutter mit Karl und den Kindern wohnte. Sicher würde es dort unangenehme Fragen und Vorwürfe geben. Aber er wußte, daß seine Mutter sich nicht nur Sorgen um den kranken Karl, sondern auch um ihn machte, und daß es seine Sohnespflicht war, sie zu trösten und zu beruhigen.

Geständnisse

Pater Engelbertus vom Heiligen Kreuz war seit nun mehr als zehn Jahren der Pfarrherr von Endenich. Als unehelicher Sohn eines Adligen war er dank Unterstützung seines Erzeugers in den Klerus aufgenommen worden und hatte gemäß seiner Herkunft – und natürlich mittels Pecunia – auf eine höhere Aufgabe im Schoße der Mutter Kirche gehofft. Aber irgendwann hing dies nicht mehr allein vom Einfluß seines Fürsprechers, sondern von seinen eigenen Leistungen ab. So war er sehr schnell wieder auf den Boden der Tatsachen gelangt, denn wie der heilige Antonius war er vom Teufel heimgesucht und verführt worden. Nicht durch Erscheinungen in der Wüste, sondern durch seine eigene Unmäßigkeit. Der Rebensaft war seine Prüfung geworden. In der Region wuchs beiderseits des Rheins so viel davon, und darunter gab es so manch leckeres Tröpfchen. Bei geschicktem Taktieren bekam er die besten davon als Meßwein und konnte sich ungehindert daran bedienen. Bald konnte er seinen Genuß kaum noch bändigen, und so hatte der Teufel mit seiner Versuchung über ihn in seiner Unmäßigkeit triumphieren können. Auch wenn den Priestern in ihrer gehobenen Position viel nachgesehen wurde, so war doch ein hemmungslos betrunkener Geistlicher, der während der Messe von der Kanzel des Münsters gefallen war, nicht mehr zu schützen und in seinem Amt untragbar. Er konnte nur froh sein, daß er nach diesen turbulenten Ereignissen nicht völlig in die Einöde verbannt worden war, sondern im stadtnahen Endenich eine eigenständige

Stellung außerhalb des Cassius-Stifts erhalten hatte. Die Wandlung von Wasser zu Wein mußte er nun jedoch rein geistig vollziehen und den Anteil des Meßweins auf einen symbolischen Fingerhut pro Tag reduzieren, damit er nicht wieder rückfällig wurde. Noch eine solche Schmach konnte das Stift nicht ertragen; dann wäre er sicher auf immer aus dessen Gunst verbannt worden.

Mittlerweile hatte er auch das Endenicher Landleben kennen und schätzen gelernt. Die Leute hier waren bodenständig, fleißig und fromm; jedenfalls glaubten sie meistens an den christlichen Gott und seine Heiligen. Ihrer Gnade konnte er seine Schäfchen sicher anvertrauen.

Hin und wieder jedoch, meist einige Wochen vor Ostern, tauchten alte Riten auf, deren Ursprung er sich nicht erklären konnte. Da konnte man, am Tag des Herrn unmittelbar vor der Fastenzeit, maskierte und vermummte Endenicher sehen, die direkt nach der Frühmesse durch die Straßen zogen und fröhlichen Unfug trieben. Der Halfen kannte dieses Treiben offensichtlich sehr gut und ließ gerade für diesen Sonntag eine ungewöhnlich große Menge Bier brauen. Immer wieder hatte Pater Engelbertus versucht, mit dem Halfen über dieses lästige Thema zu reden. Lag für ihn selbst doch jetzt in abstinentia sein Heil.

»Halfen, so kann es doch nicht weitergehen! Brave Christenmenschen, die dem Alkoholgenuß derartig frönen! Und dieses merkwürdige Betragen mit all der seltsamen Singerei!« Aber der Halfen zeigte sehr viel Verständnis für seine Schutzbefohlenen:

»Ach, Hochwürden, laßt sie doch. Sie arbeiten immer so hart und haben wenig Freude im Leben. Einmal im Jahr muß man auch gönnen können. Außerdem fängt danach eh die harte Fastenzeit an, da können sie die Kraft aus dem Gerstensaft doch gut gebrauchen. Gibt es bei Euch in den Orden nicht auch Fastenbier für die Mönche?«

»Halfen«, erwiderte der Geistliche gereizt, »sie saufen ja förmlich. Das kann nur ein Werk des Teufels sein!«

Aber sein Gesprächspartner war in seiner Ansicht nicht zu erschüttern. »Lieber Pater, Ihr redet ja, als ob Ihr vom anderen Ende der Welt zu uns gekommen wärt!« Er grinste hierbei merkwürdig.

»Ihr solltet hier im Rheinland dafür Verständnis haben. Diese Zeit nennt man bei uns 'carne valis', und sie ist allen hier sehr wichtig. Hofft man doch auch, daß nach der heiteren Narretei und der strengen Fasterei der Winter endlich ein Ende hat.« Alle Jahre führten sie das gleiche Gespräch, und jeder beharrte auf seiner Position. Der Pfarrer pflegte dann zwar noch etwas von »heidnischen Umtrieben, die der Mutter Kirche nicht genehm sein konnten« zu murmeln, aber der Halfen wurde bei diesen Bemerkungen immer ungewöhnlich schwerhörig. So blieb alles beim alten.

Wenn seine Schäfchen nicht gerade diesem gottlosen Treiben frönten, liebte der Pfarrer sie und seine Aufgaben in der Gemeinde auch. Wenn nur dieser Suff nicht wäre! Der war wirklich des Teufels, und daran erinnerte er sich alljährlich aus eigener Erfahrung. Nach seinem Zusammenbruch im Münster war er zum Aufenthalt in einer verborgenen Zelle des Stiftes verdammt worden, hatte nur noch Wasser und Brot bekommen wie ein Gefangener und Fürchterliches erlebt. Zuerst hatte er angefangen, entsetzlich zu zittern und zu schwitzen. Dann kamen die nächtlichen Dämone, die an ihm rissen und dabei kreischten; Ungeziefer bedeckte krabbelnd die ganze Zelle und die Zellwände. Es folgten große, furchterregende Kreaturen, die ihm nach dem Leben trachteten. Und auf der Höhe seines Angstzustandes erschien ihm in einem hellen Licht eine große Männergestalt mit einem freundlichen, aber ernsten Gesicht, die ihm schwere Vorhaltungen wegen seines zu viel genossenen Lebenswassers machte. Am nächsten Morgen mußte er sich dann beschämt eingestehen, daß er unter sich gelassen hatte und sich in der Nacht wohl auf die Zunge gebissen hatte. Sie war nun ganz dick, und er konnte nur noch mit Mühe sein karges Mahl schlucken.

Engelbertus war überzeugt, daß ihm in dieser Nacht der Herr Jesus erschienen war, um ihm Vorhaltungen über sein bisheriges, zügelloses Leben zu machen. Er erkannte, daß er seinen Lebenswandel von Grund auf ändern mußte. Allein der Gedanke an diese grauenvolle Nacht ließ ihn erschaudern. Nach einigen Tagen wurde das Zittern und Schwitzen weniger, er wurde nachts nicht mehr so oft von Dämonen heimgesucht. Als er sich langsam wieder als Mensch fühlte, war der Dechant Johannes von Virneburg zu ihm in die enge Zelle gekommen. Engelbertus dachte voller Scham an diese Begegnung. Er selbst lag völlig verschwitzt und stinkend auf dem Boden, denn sein

Stroh war nass, und er konnte sich kaum erheben. Mit eiskalter Stimme bezeichnete ihn der Dechant als einen Sünder vor dem Herrn. Danach nannte er ihm die unerbittlichen Bedingungen des Stifts: keine Eingabe an eine höhere Stelle, dafür aber keinerlei Aufstieg in ein hohes Amt innerhalb der Kirchenhierarchie; keinen Alkohol für ihn außer einem winzigen Quantum des unerläßlichen Meßweins. Dann wäre das Stift bereit, ihm eine zweite Chance als Pfarrer in Endenich zu geben.

Engelbertus hatte sich den strengen Vorgaben gebeugt und war froh darüber, denn sein Leben hatte nun eine neue Wendung genommen. Er schwor jedem weiteren Ehrgeiz ab und konnte nun auch wieder seine Umgebung mit klaren Augen wahrnehmen. Und als einfacher Dorfpfarrer fühlte er sich letztlich viel wohler denn als angesehener Stiftsherr, der ständig vom Aqua vitae umnebelt war. Er hatte die große Wissenschaft der Astronomie für sich entdeckt und versuchte zunehmend, den nächtlichen Himmel mit seinen Sternen und deren Bewegungen zu verstehen.

Als nun Josef nach der sonntäglichen Frühmesse vor ihm stand und ernst sprach: »Ich muß beichten, Hochwürden!«, war dieser wegen anderer Verrichtungen gar nicht so recht bei der Sache. Doch sehr schnell sammelte er sich und erwiderte: »Schon wieder, mein Sohn? Habe ich dich nicht erst vor zwei Wochen im Beichtstuhl gesehen? So viele Sünden kannst du doch seither kaum begangen haben?«

Aber Josef insistierte: »Bitte, Hochwürden, es ist äußerst dringend!« Engelbertus überlegte auf dem

Weg zurück ins Kircheninnere, was sein braves Schäfchen denn wohl so Dringliches plagen könnte. Litt Josef etwa unter den Qualen fleischlicher Gelüste? Doch was ihm der Knecht im Verlauf der Beichte im Zeichen des Heiligen Sakraments der Beichte ins Ohr flüsterte, ließ den gutmütigen Geistlichen hellwach werden. Das hier war nicht die Beichte eines unbedarften Endenicher Knechtes; so etwas hatte er in seiner gesamten Amtszeit noch nicht gehört.

Dies war der Bericht über einen möglichen Mord, begangen von einem hochstehenden Diener der Kirche am Sohn des angesehenen Bonner Bürgermeisters, und das Ganze in einer kritischen Zeit. Engelbertus kannte die Umstände des Kirchenbannes über Bonn nur zu genau. Ein Mord wie der von Josef geschilderte würde das wackelige Gleichgewicht zwischen dem Klerus und den Bürgern der Stadt empfindlich belasten oder gar zerstören. Das war gefährlich, sogar sehr gefährlich, besonders aber für den naiven Josef, dem er, Engelbertus, durchaus freundlich zugetan war. Den Pfarrer schauderte bei dem Gedanken an die Konsequenzen, die Josef in seiner Schlichtheit doch wohl nicht so ganz nachvollziehen konnte. Was wußten denn diese Bauern schon von der Politik.

»Hochwürden«, wisperte Josefs Stimme ängstlich und unterbrach damit seine Gedanken.

»Schweig, mein Sohn«, erwiderte der Pfarrer, denn er hatte noch keine Idee und wollte ein wenig weiter grübeln und Zeit gewinnen. Wie konnte er dem Knecht nur helfen? Erst einmal mußte er

Gewißheit haben: »Josef, bei deiner unsterblichen Seele, wem hast du alles von diesem Vorfall erzählt?«

Josef log, auch wenn er wußte, daß er damit seine Seele in ewigen Höllenqualen verwirkt hatte, aber er mußte seine Freunde schützen. »Mit niemandem, Hochwürden. Ich bin ja selbst noch ganz durcheinander. Wenn ich mich getraut hätte, wäre der Herr Alexander vielleicht nicht gestorben. Bin ich jetzt auch so etwas wie ein Mörder? So helft mir doch, ich weiß nicht aus noch ein.«

Natürlich war er kein Mörder, sondern ein unschuldiges Opfer, das wußte der Pfarrer ganz genau. Trotzdem. Die Sache war mehr als heikel, und vor allem mußte man jetzt sicherstellen, daß der Josef diese unglaubliche Geschichte für sich behielt. Er würde in Ruhe nachdenken müssen, wie man dem braven Menschen aus der Klemme helfen konnte. Das Stift mit seiner enormen Macht hatte eine eigene Gerichtsbarkeit und würde durch die Entlarvung eines Mörders in den eigenen Reihen extrem angreifbar. Somit würde das Stift vor nichts zurückschrecken, um eine solche Schandtat zu vertuschen. Doch das konnte er dem Knecht so nicht sagen – vor allem nicht, in welcher Gefahr er schwebte.

»Hat der Stiftsherr dich gesehen und erkannt?« fragte er statt dessen.

»Ich hoffe nicht«, stammelte Josef.

Egal wie – erst einmal mußte dafür gesorgt werden, daß der Knecht nichts ausplauderte, und sei es noch so zufällig; dabei war es egal, daß er dadurch dieser gequälten Seele als unbarmherziger Hirte gegenüber stand. Engelbertus bat Gott um Hilfe, die rechten Worte zu finden: »Josef, du hast dich ohne den Segen der Kirche der Fleischeslust hingegeben. So hast du als grauenhafte Folge denn auch einen Mord mit angesehen und obendrein einem Hilflosen nicht beigestanden. Damit hast du schwere Schuld in mehrfacher Hinsicht auf dich geladen.«

Josef keuchte: So arg hatte er sein Vergehen nicht gesehen.

»Gott«, fuhr der Pfarrer fort, »hat dich also für deine Unkeuschheit stehenden Fußes bestraft. Das ist noch viel schlimmer als alle Bußen, die ich dir auferlegen kann.«

Josef schien unter der Last dieser Anschuldigungen zusammenzusinken.

»Du wirst«, fuhr der Pfarrer fort, »mit niemandem, ich wiederhole, mit niemandem über diese Vorkommnisse reden. Zusätzlich wirst du zu deinen täglichen Gebeten morgens und abends drei Paternoster sprechen. In einer Woche treffen wir uns zur gleichen Zeit zur Beichte wieder. Dies ist die Buße, die ich dir auferlege. In nomine patris et filii et spiritu sancto: Ego te absolvo.«

»Ich danke Euch, Hochwürden.«

Josef erhob sich und machte sich in Gedanken versunken in Richtung Propsthof auf den Weg. Er war verunsichert. Bei all seinen kleinen Unterlassungen hatte er nach der Beichte immer seinen inneren Frieden zurückgefunden. Nun aber fühlte er sich unverstanden und ungetröstet durch die Sakramente. Der Pfarrer schien ihn mehr verhört zu haben, denn ihn als verirrtes Schäfchen wieder auf den rechten Weg zu führen. Aber vielleicht wußte Pater Engelbertus

selbst nicht so recht, wie mit so ungewöhnlichen Vor-
kommnissen umzugehen war und mußte erst einmal
in seinen theologischen Büchern nachlesen. Ja, so
mochte es wohl sein, tröstete Josef sich schwach. Ein
geistlicher Herr würde sich einem Knecht gegenüber
doch keine Blöße geben. Aber dennoch blieb er mit
seinen Sorgen und Nöten allein, ja seine Gewissens-
qualen hielten noch an. Vielleicht half jetzt wirklich
nur noch Beten.

Gerüchte

Helene stand in der Küche des Ägidius-Hospitals
und bereitete das Abendessen für alle Bewohner zu.
Äußerlich schien sie genauso ruhig zu sein wie das
ganze Gebäude zu dieser späten Stunde. Doch den
ganzen Tag über hatte sie ihre innere Unruhe kaum
beherrschen können. Selbst das geliebte Putzen der
großen Kessel, was ihr immer so viel Befriedigung
verschaffte, hatte sie heute nicht ablenken können.
Für ihr stilles Leben war aber auch seit gestern zu viel
passiert. Josef hatte sich seit seinem überstürzten
Aufbruch in der letzten Nacht nicht bei ihr gemeldet.
Wie sollte er auch, dachte Helene bei sich. Er war genauso eingespannt bei seinen Diensterren wie sie
selbst; Zeit für ein Techtelmechtel konnte er sich nur
nachts erschleichen, anstatt wie die nichtsnutzigen
Bürgersöhne am hellichten Tag herumzupoussieren.
Aber auf ihre mütterliche Art machte sie sich insge-
heim doch Sorgen um ihn. Hinzu kamen die neuesten
Gerüchte aus der Stadt, die selbst im friedlichen

Hospital überkochten. Dank ihrer Freundin Anna, die im Haus des Stiftsherrn Georg arbeitete, war Helene jedoch nun schon etwas genauer informiert. Die sonst so stille Anna hatte am Morgen völlig aufgeregt in ihrer Küche gestanden. »Stell dir nur vor, Helene, was bei uns heute nacht passiert ist. Da haben doch irgendwelche Halunken im Schutz der Dunkelheit unsere Treppe zur Stadtmauer zerstört. Na ja, den Bürgerlichen waren diese Vorrechte unserer geistlichen Herren ja schon lange ein Dorn im Auge. Aber dann so einen Überfall zu machen wo sollen wir in unserer friedlichen Stadt denn dann noch Schutz finden, wenn nicht im Stift? Nun laufen seit der Prim die Stiftsherren wie aufgescheuchte Hühner herum und versuchen die Drecksäcke auszumachen. Alle sind ganz aufgebracht und reden davon, daß die Immunität des Stifts angegriffen wurde. Das macht mir noch nachträglich Angst. Und stell dir vor, mein Herr Georg sieht so aus, als ob er in der Nacht kein Auge zugekriegt hat. Dabei ist er doch so ein solider Mensch, der gleich nach dem Abendessen nur noch sein Gebet spricht und nicht mehr ausgeht. Mitbekommen von dem Lärm, den die runterkrachenden Steine gemacht haben, hat er angeblich nichts. Aber selbst mit der Nachtmütze kann man nicht so taub sein, wenn man fast daneben sein Schlafgemach hat. Da ist doch irgendwas faul dran. Meinst du nicht auch, Helene?«

Bei diesem Bericht wurde es der Hospitalmagd nur noch unwohler in ihrer Haut. Doch Anna bemerkte in ihrer Aufregung gar nicht, wie die Freundin erbleichte und berichtete außer Atem weiter, daß die

Stiftsherren einige der Bürger in Verdacht hätten, allen voran Alexander, den ältesten Sproß der Familie Obesitas. Der hatte ja schon öfter zur Zerstörung dieser Treppen aufgerufen, und zwar öffentlich. »Und stell dir vor, Helene, den Bengel hat seit gestern nacht auch keiner mehr zu Gesicht bekommen.«

Da von Anna nun nicht mehr zu erfahren war, schlug Helene zur Ablenkung einen Gang auf den Markt vor, Besorgungen vortäuschend. Sie selbst hoffte, dort noch mehr erfahren zu können, galt doch der Platz nicht nur als einer der wenigen Orte, wo sich alle unterschiedlichen Stände trafen, um Handel, vor allen Dingen aber um Neuigkeiten auszutauschen. Den Sonnenschein konnte Helene gar nicht richtig genießen, viel zu sehr war sie bemüht, Anna ihre Angst und Anspannung nicht merken zu lassen. Dabei gab es in ihrem recht eintönigen Leben doch keine schönere Abwechslung, als die vielen Farben und Gerüche an den unterschiedlichen Ständen in sich aufnehmen zu können. Beim Fischhändler und beim Fleischer war das aber in den wärmeren Monaten nicht immer ein Genuß für ihre Nase, doch bei ihrer Arbeit im Hospital hatte sie schon früh gelernt, daß es nichts half, als armes Mädchen pingelig zu sein. Und außerdem mußte sie das Fleisch selten essen, das war das Privileg der Reichen. An der Remigius-Kirche vorbei liefen die beiden Mägde über die Marktbrücke dem munteren Treiben entgegen. Wie üblich mußten sie den spielenden Kindern ausweichen, die entweder sich oder die frei umherlaufenden Schweine mit ihren groben Stöcken traktierten. Aber wenigstens war der Boden nicht so aufgeweicht wie im Herbst, wenn selbst die Holzschuhe einem in diesem aufgeweichten Morast und dem Schweinekot keinen Schutz boten. Wie in einem Bienenschwarm hörte sich das aufgeregte Tuscheln der Bürger an, die an allen Ecken in kleineren Grüppchen zusammenstanden. Endlich konnte Helene hier ein paar Wortfetzen aufschnappen: »Die Stiftsherren bilden sich ein, daß ihnen die Stadt allein gehört. Bestimmt hatten die Bengel recht damit, die Treppen zu zerstören. Man muß sie ja mal wieder in ihre Schranken verweisen; wir Bürger sind ja auch noch am städtischen Leben beteiligt ...«

So und ähnlich klang es an verschiedenen Ecken, so daß es Helene nun noch banger um ihren lieben Josef wurde, denn gerade auf diesem Weg hatte sie ihm eine gefahrlose Rückkehr gewiesen. Pflichtbewußt erinnerte sich Helene jedoch an ihre Einkäufe und suchte die Region mit den Wollständen auf; doch nach der Schrage der Garnverkäuferin suchte sie heute vergeblich. Dabei war diese mit ihrer roten Lockenpracht eigentlich nicht zu übersehen. Helene beneidete sie im geheimen, gehörte ihr Gewerbe doch zu den wenigen, die Frauen selbständig betreiben durften. Aber ihr als Waisenkind standen solche Erwerbszweige nicht offen, sie mußte schon froh sein, daß sie es überhaupt so gut getroffen hatte. Ohne Garn konnte Helene heute den riesigen Berg an Flickwäsche nicht in Angriff nehmen. Um nicht völlig unverrichteter Dinge nach Hause zu kommen, beschloß sie, mit Anna bei einem der Alfterer Bauern noch ein wenig Wurzelgemüse für das Getreidemus zu kaufen. Als sie merkte, wie dieses Schlitzohr ihr die schrumpeligsten Teile andrehen wollte, kehrte in

Helene ihre alte Energie zurück. Sie stemmte die Hände in die Hüften und fauchte den Bauern an: »Ja, was glaubst du denn, wen du vor dir hast. Meinst du, ich bin blind und seh´ nicht, wie du mir deinen alten Kram unterjubeln willst? Meine Groschen sind doch wohl genau so viel wert wie die von der Bürgersfrau gerade eben. Jetzt gib mir ganz flott was aus der vorderen Reihe, sonst kannst du aber mit mir dein blaues Wunder erleben.« Nach einem recht erfolgreichen Einkauf und der Wut, mit der sie ihrem Herzen Luft gemacht hatte, ging es Helene wieder ein wenig besser. Bei allem Tratsch hatte man sich nichts von einem Knecht erzählt. Vielleicht war bei Josefs Heimweg ja doch alles gutgegangen.

Als die beiden Mädchen sich getrennt hatten, war Helene recht froh, wieder zu ihrer Arbeit zurückzukehren, auch wenn sie der Hospitalmeister mit einer Flut von neuen Aufträgen empfing. Bis sie alles zu seiner Zufriedenheit erledigt hatte, war es spät geworden, und sie sank erschöpft aufs Stroh. Gott sei dank schnarchte die alte Vettel, mit der sie die Kammer teilte, nicht so laut wie sonst. Aber mit der Ruhe kehrten auch die wirren Gedanken vom Morgen wieder ein, so daß sie nur schwer in einen unruhigen Schlaf verfiel.

Auch der nächste Tag verlief nicht viel besser als der vorige: keine Nachricht von Josef, dafür aber Essen bereiten, die Alten füttern, die Betten in den Krankenstuben ordnen, die Kapelle ausfegen und mit frischen Blumen schmücken, und natürlich mußte die Küche, ihr geheimes Schmuckstück, wieder blinken. Selbst der kräftigen Helene gingen am Abend Puste

und Kräfte aus. Sie war ja schließlich kein Mühlen-
esel, den man ohne Unterlaß antreiben konnte. So
war Helene froh, als der Hospitalmeister früher als
sonst zur Abendmesse aufbrach. Erschöpft sank sie in
der Küche auf die Bank, schreckte aber kurze Zeit
später durch ein verhaltenes Klopfen an der Pforte
wieder auf. Wer mochte denn das schon wieder sein?

Daß man auch nie seine Ruhe hatte. Doch wie
glücklich war sie, als ein ängstlicher, aber wohlbehal-
tener Josef durch die Tür lugte. Hastig führte sie ihn
durch die weiten Gänge in ihre duftende Küche. »Ich
hab noch so lange gewartet, bis der Meister um die
Ecke verschwunden ist«, meinte Josef und drückte
sein Lenchen vorsichtig an sich.

»Mein Gott, Josef, ich hab mir solche Sorgen um
dich gemacht. Man erzählt sich so viel in der Stadt,
und ich hatte Angst, daß dir auch noch was passiert
ist. Wie bist du denn nach Hause gekommen bei dem
ganzen Trubel, der an der Stadtmauer in der Nacht
war?«

Mit einem sanften Kuß brachte Josef sein aufge-
regtes Mädchen zum Schweigen, so daß er endlich
die Gelegenheit bekam, auch mal was zu sagen. Sie
war ein Weib mit viel Energie und manchmal hatte
das seinen Nachteil. Er war sowieso der Schweigsa-
mere von den beiden, und wenn man wußte, wie
man Helene Einhalt gebot, ohne daß sie es merkte,
hatte er schon einen kleinen Sieg davon getragen. So
waren halt die Frauen, man mußte sie lenken, ohne
daß sie das Gefühl hatten, ihre eigene Macht zu verlieren. Aber Josef konnte auch mit dem Vieh gut umgehen, da war er schon bestens auf solche

Situationen vorbereitet. So fing er nun endlich, trotz des Verbotes von Pater Engelbertus an zu erzählen. Als er geendet hatte, sah ihn Helene entsetzt an. Ihre schlimmsten Befürchtungen waren ja noch übertroffen worden. »Um Gottes Willen, Josef, hoffentlich kommt davon nichts raus. Von mir erfährt ja keiner ein Wort, auf mich kannst du dich doch immer verlassen. Aber ob der Pfarrer im Stift nicht was erzählt, um sich bei denen wieder lieb Kind zu machen, da wäre ich mir nicht so sicher. So toll findet er es bei euch Bauern da draußen vor der Stadt ja auch nicht.«

»Keine Sorge«, beruhigte Josef sie, »der kann die Stiftsherren seit dem, was damals passiert ist, gar nicht mehr gut leiden. Laut sagen darf er das ja nicht, aber wenn man ihm genau zuhört, spürt man es schon. Außerdem hätten die Büttel mich schon längst abgeholt, wenn etwas davon bekannt geworden wäre. Ich denke nur, wir sollten uns jetzt ganz vorsichtig verhalten. Ich werde in nächster Zeit die Stadt meiden, nur heute mußte ich dir unbedingt noch Bescheid geben. Ich will nicht Gefahr laufen, daß Stiftsherr Georg mich durch Zufall irgendwo trifft und wie der Teufel es will wieder erkennt. Dann kann mir keiner mehr helfen, denn gegen die hohen Herren bin ich doch nur ein kleines Licht. Da gerät man schnell zwischen die Räder, auch wenn man unschuldig ist. Aber wer glaubt uns kleinen Leuten denn schon?«

Mit vielen Küssen und noch mehr Tränen seitens Helene nahmen sie schließlich Abschied voneinander, und Josef kehrte unverzüglich auf wenig belebten Straßen der Stadt den Rücken.

Beide wußten nicht, wie es nun weiter gehen sollte, aber wenigstens hatten sie einander wenn auch nur noch in Gedanken.

Der Halfen

Das Gewitter vom vergangenen Abend hatte nur kurze Zeit für Abkühlung gesorgt; am Spätnachmittag war es schon wieder stickig und heiß. So war es hier immer: Nur auf den Bergen ringsherum sorgte ein Lüftchen mal für etwas Erfrischung. Dennoch gewöhnte man sich nie richtig daran. Aber Josef war kein wetterfühliger Mensch, er jammerte nicht herum, sondern packte bei der Hofarbeit weiterhin wacker an – vielleicht mit ein bißchen weniger Tempo. Heute brummte ihm der Schädel derart, daß er sich darauf keinen Reim machen konnte. Machte ihm lediglich die Witterung so zu schaffen oder quälten ihn die Ereignisse der letzten Tage derartig? Egal, Josef hatte keine Zeit zum Ausruhen. Nur, so verschwitzt wie er jetzt nach dem langen Marsch von Bonn nach Endenich war, würde er dem Halfen nicht unter die Augen treten dürfen. Seine Mutter hatte ihm schon in frühester Jugend beigebracht, daß Reinlichkeit auch für die einfacheren Leute eine Tugend war. Da bot sich ihm der Endenicher Bach als großer Badezuber förmlich an. So ein kleiner Sprung ins kühle Naß, dann sähe die Welt schon wieder anders aus. Mit einem Blick nach allen Seiten vergewisserte sich Josef, daß er sich in einem geschützten Winkel auch alleine befand. Rasch schlüpfte er aus den

Kleidern und tauchte vorsichtig unter. Meine Güte, tat das gut! Eine Weile blieb er so im Wasser hocken; fast hatte er das Gefühl, daß mit dem Schmutz und dem Schweiß auch seine Sorgen ein wenig weggespült wurden. Endlich stieg er aus dem Wasser und setzte sich neben sein Kleiderbündel ins Gras, um sich rasch von der Sonne trocknen zu lassen. Die wärmenden Strahlen schläferten ihn fast ein. Doch Josef rappelte sich schnell wieder auf; nun fühlte er sich stark genug, um den Halfen aufzusuchen und sich anzuhören, was dieser ihm Wichtiges mitzuteilen hatte. Seine gehobene Stimmung hielt nicht lange an. Auf dem Weg zum Propsthof traf er seinen Freund Jakob, der sich sogleich neugierig auf ihn stürzte.

»Nun«, fragte er.

»Was, nun?« brummte Josef, obwohl er schon ahnte, worauf Köbes da anspielte.

»Jetzt laß dir doch nicht alles aus der Nase ziehen, Josef. Du weißt doch, daß ich dein Freund bin und mit dir fühle. Also: was hat der Pfarrer gesagt?«

»Der war eigentlich keine große Hilfe für mich. Es war schon ein seltsames Gespräch, gar nicht wie die Beichte sonst. Ich soll vor allen Dingen erst mal über die ganze Sache schweigen. Aber das Schlimmste ist, ich habe ihn bei all meinen Problemen auch noch angelogen, daß ich mit niemandem vorher darüber gesprochen habe.« Er sah seinem Freund beschwörend ins Gesicht: »Du darfst mich jetzt auf keinen Fall verraten und mußt verschwiegen sein wie ein Grab, sonst komme ich aus dem ganzen Kuddelmuddel nicht heraus.« Gleichzeitig fiel Josef siedendheiß ein, daß er ja auch Helene zu seiner Mitwisserin gemacht hatte. Jesus, steh mir bei! Was mochte passieren, wenn sich einer von beiden verplapperte? Aber da hörte er schon die beruhigende Stimme von Jakob: »Du kannst dich felsenfest auf mich verlassen, Josef! Großes Ehrenwort. Du weißt ja, ich klaafe ganz gern, besonders nach einem frischen Bierchen. Aber du bist mir der wichtigste Freund hier auf dem Hof. Dein Geheimnis ist bei mir sicher aufgehoben. Mach dir darüber nicht auch noch Sorgen, du hast jetzt schon genug am Hals.«

Josef wurde es bei der langen Rede seines Kameraden richtig warm ums Herz. Gerne hätte er das Gefühl noch ein wenig genossen, aber mit dem Blick zur Sonne merkte er, daß er sich sputen mußte. »Hab Dank, Köbes. Aber jetzt muß ich mich beeilen, denn der Halfen wartet auf mich. Was er wohl Wichtiges mit mir zu besprechen hat?«

»Na dann viel Glück und erzähl mir auch, wie es weitergeht.« Josef trollte sich, und sogleich stellte sich wie eine böse Vorahnung das heftige Pochen in seinem Kopf wieder ein.

Mit enger Brust und schmerzendem Schädel stand er endlich vor dem Haus des Halfen und klopfte zaghaft an die Eingangstür. Wiederum öffnete die Frau des Halfen.

»Gott zum Gruße, Josef«, sagt sie. »Geh nur schon einmal in die gute Stube und warte dort. Mein Mann mußte wegen der kranken Kuh noch mal rasch in den Stall. Ich lasse ihn aber gleich rufen.«

Josef fand sich überrascht in der guten Stube wieder. Hierher kam man selten, meist wurde alles den Hof Betreffende draußen, bei schlechtem Wetter auch mal in der Küche besprochen. Trotz seiner Unruhe siegte die Neugierde bei ihm, und er sah sich erst einmal ungestört um. Das Zimmer war praktisch eingerichtet und erstaunlich hell, denn hier gab es ungewöhnlich große Fenster, die mit geöltem Pergament gefüllt waren. Der Halfen mußte ein recht wohlhabender Mensch sein, denn diesen Luxus gab es bei den normalen Leuten sonst nicht. In der Mitte der Stube stand ein großer, schwerer Tisch mit einer Öllampe und an dessen Kopfende ein hoher, prächtig geschnitzter Stuhl. Das war offensichtlich der Sitzplatz des Halfen. An der langen Seite schlossen sich schmale Bänke an. An der Wand befand sich ein Kamin, der mit dem der Küche verbunden war. So wurde, ohne zu viel Holz zu verbrauchen, das gute Zimmer an kalten Tagen gleich mit erwärmt. Heute aber, an diesem heißen Tag, war die Hitze, die von dort ausging, fast unerträglich. Die Hausfrau kochte offensichtlich den Abendbrei und hatte dafür ein ordentliches Feuer entfacht. Schnell war auch die letzte Erfrischung von Josefs Bad im Endenicher Bach dahin.

An der Wand gegenüber dem Kamin konnte Josef noch eine Truhe erkennen, die mit fremdartigen Schnitzereien versehen war. Er ging interessiert ein wenig näher heran. Da waren Tiere dargestellt, die Josef weder auf dem Hof noch auf dem Markt je gesehen hatte. Was mochte das wohl sein? Heidnische Kreaturen? Dämonen? Josef konnte sich nicht vorstellen, daß so etwas im Haus des frommen Halfen geduldet wurde. Diese Kreaturen hatten lange Nasen, die fast bis zum Boden reichten, und gewaltige Stoßzähne wie bei einem wilden Eber, nur zehnmal so lang. Der Knecht war so in seine Betrachtungen vertieft, daß er den Eintretenden nicht gehört hatte. So zuckte er erschrocken zusammen, als der Halfen erklärte: »Ja, das sind schon seltsame Tiere. Die müssen riesengroß sein. Hier vorne sieht man sogar einen Menschen, der darauf reitet. Er wirkt fast wie ein Zwerg auf dem Rücken dieses Ungetüms.«

»Gibt es solche Tiere den wirklich?« wollte der neugierige Josef wissen.

»Ich denke schon irgendwo im Morgenland. Ich habe diese Truhe von unserem Burgherrn, dem Ritter von Huys, geschenkt bekommen. Auf dunklen Kanälen ist sie nach einem Kreuzzug bei ihm gelandet, und er hat so seine Andeutungen dazu gemacht. Aber mehr möchte ich von der Herkunft der Truhe gar nicht wissen; man ahnt ja nur, wie unsere hohen Herren klüngeln und das dann als Geschäfte bezeichnen!«

»Und wie seid Ihr dann nun an dieses edle Stück gekommen?« insistierte der Knecht weiter.

»Du kennst ja die Frauen, Josef. Und die der Adligen sind da genauso wie die unsrigen: Wenn ihnen was nicht paßt, dann bearbeiten sie ihren Ehemann so lange, bis er tut, was sie wollen. So war es hier auch. Der frommen Rittersfrau haben diese Kreaturen solche Angst gemacht, daß sie behauptet hat, sie wären ein Werk des Teufels. Und damit durfte die Truhe nicht mehr in ihrem Hause bleiben. Gerade hatte ich dem Ritter einen besonderen Dienst erwiesen, und da er sie nicht als Brennholz in seinem Kamin sehen wollte, hat er sie mir geschenkt.« Josef mochte sich gar nicht ausmalen, was für Dienste das wohl gewesen waren. Der Halfen behandelte ihn heute so vertraut wie Seinesgleichen, da mochte er – auch nur in Gedanken keinen Unmut gegen ihn äußern.

»Aber jetzt trink doch erst mal das Bier, das ich dir mitgebracht habe, bevor es über unserer Klaaferei noch schal wird. Meine Frau braut einen guten Tropfen, dem sollten wir die nötige Ehre erweisen.«

Josef nahm dankbar einen kräftigen Schluck von dem köstlichen Getränk und harrte der Dinge. Der Halfen leerte seinen Humpen in einem Zug, wischte sich den Schaum vom Mund und kam dann endlich zur Sache.

»Nun, Josef«, begann er, um dann wieder ins Stocken zu geraten. Er hatte wohl Mühe, seine Gedanken zu ordnen. »Seit ich dich rufen ließ, ist eine Menge passiert. Aber dazu kommen wir später.«

Was weiß er denn schon, fragte sich Josef in Gedanken und mit bangem Herzen.

Aber nun hatte der Halfen sich gefangen und redete auch schon weiter. »Wie du weißt, brauchen wir einen Nachfolger für den alten Ruppert, und im Stillen hatte ich deinen Bruder Karl dafür vorgesehen. Ihm steht der Posten zu, das weiß er selber schon seit langem.«

»Aber seit seinem Unfall mit dem Pferd hat er die heilige Krankheit und ist darüber auch ziemlich streitsüchtig geworden«, half Josef ihm auf die Sprünge.

»Genau wie du es sagst. Er tut mir ja wirklich leid, aber es ist halt ein großes Pech für ihn und seine

Familie. Die Pferde brauchen aber eine ruhige Hand, und dafür kann ich ihn jetzt nicht mehr einsetzen.«

Nachdenklich strich sich der Halfen übers Haar. Josef wartete gespannt. »Um es kurz zu machen: Ich denke, du bist auch als jüngerer Knecht für mich als Oberknecht die richtige Wahl. Du bist anstellig und gescheit und kannst gerade mit den Tieren gut umgehen. Was dir an Alter und Erfahrung noch fehlt, wird mit der Zeit schon kommen. Ich habe auch mit dem Pfarrer darüber gesprochen, und er hat für dich ein gutes Wort eingelegt.«

Damit hatte er nicht gerechnet. Endlich einmal eine gute Nachricht in diesen schrecklichen Tagen! Josef war so überrascht, daß er nur »Danke« stammeln konnte. Zu mehr war er nicht in der Lage. Dann erst erkannte er die Mildtätigkeit seines Herrn: Mit dem höheren Lohn konnte er sich und seine Familie unterstützen, ohne daß ihnen durch Karls Krankheit finanzielle Not drohte.

»Ich tue das gern, Josef. Deine Familie hat dem Propsthof schon seit vielen Generationen treue und redliche Dienste geleistet. Das weiß ich auch von meinem Vater. Und ich denke, daß so nach Karls Unfall auch keine Not bei euch aufkommt.«

Lieber Gott, betete Josef still, der Halfen ist wirklich ein guter Mensch. Er kümmert sich um seine Untergebenen fast wie ein Vater. Gott sei ihm für seine Fürsorge und Mildtat gnädig in seinem himmlischen Leben. Laut sagte er: »Halfen, ich danke Euch nochmals von ganzem Herzen. Ich werde Euch nicht enttäuschen und Euch immer treu zur Seite stehen.« Dabei klang seine Stimme gefaßter, als es seinem seelischen Zustand entsprach. Gut, er war glücklich über diese neue Aufgabe, die ihn in der Hierarchie des Hofes auch aufsteigen ließ. Darauf hatte er nie zu hoffen gewagt. Aber zugleich lastete der Mord auf der Stadtmauer schwer wie Blei auf seiner Seele. Zu mehr Freudensbekundungen gegenüber seinem Dienstherrn war er nicht imstande. Hoffentlich hatte der Halfen nicht noch mehr von ihm erwartet. So sprach er rasch weiter, um von seiner Person abzulenken: »Aber Ihr selbst seht recht bedrückt aus, Halfen. Hat das mit den anderen Dingen zu tun, von denen Ihr eben gesprochen habt?«

Zu seiner Überraschung war dieser gerne bereit, mit ihm über seine eigenen Sorgen zu sprechen. »Stell dir vor, Josef. Es hat einen üblen Zwischenfall in Bonn gegeben. Randalierende Bürger haben einen Stiftsherrn in seinem eigenen Haus angegriffen und damit nicht nur ihm geschadet, sondern auch die Immunität des Stifts schwer verletzt. So wird es jedenfalls in der Stadt erzählt.«

»Das ist ja grauenvoll«, beeilte Josef sich zu sagen. Er konnte seine Stimme nur mühsam beherrschen.

»Ja, das ist eine üble Angelegenheit«, fuhr der Halfen fort. »Wir wollen nur hoffen, daß uns das alles nicht betrifft...«, und damit schaute er Josef ernst an.

Hatte er mitbekommen, daß Josef vorgestern nacht so spät nach Hause gekommen war? Josefs schlechtes Gewissen rührte sich erneut. »Wir müssen immer daran denken, daß wir ein Teil des Stiftes sind, sie sind unsere Herren. Sie dürfen ja sogar über uns in Endenich zu Gericht sitzen. In Kessenich ist das anders, das Dorf untersteht allein der Stadt. Am besten ist es, den hohen Herren keine Schwierigkeiten zu bereiten, damit sie gar nicht auf den Gedanken kommen, bei uns nach dem Rechten zu sehen oder sich etwa in unsere Arbeit einzumischen. Diese Städter haben ja gar keine Ahnung vom Landleben oder von unserem Tun. Nachher sagen sie einem noch, wann wir zu ernten haben. Das ist schon einmal vorgekommen, als mein Vater der Halfen war. Sie wußten alles besser, die gebildeten Herren vom Stift. Und was war das Ende vom Lied? Die ganze Ernte war verhagelt, weil sie nicht auf dem Himmel guckten, sondern nur auf ihre gelehrten Kalender. Ausbaden mußten es dann die Endenicher, sie haben gehungert; aber Abgaben sind auch bei schlechten Ernten fällig. Trotzdem hatte auch der Müderer in dem Jahr einen fast leeren Getreideboden im Aegidius-Hospital. Daraus haben sie dann wohl doch etwas gelernt, denn danach haben sich die hohen Herren nie wieder in unsere Arbeit eingemischt.«

»Dann wollen wir hoffen, daß es so bleibt«, entgegnete Josef, »den letzten Schluck mit Dank an Euch, Halfen!« Sprach's und leerte den Bierkrug mit einem Zug. Schon wollte er die Stube verlassen, doch der Halfen hielt ihn zurück.

»Josef, da gibt es noch eine andere Sache, über die wir reden sollten.«

Ängstlich und erwartungsvoll blickte der Knecht seinen Herrn an. Er wähnte sich in Sicherheit, glaubte, nun alles überstanden zu haben. »Was gibt's denn noch?« fragte der neue Oberknecht.

»Du bist nun achtzehn Jahre alt, da solltest du allmählich verheiratet werden. Es steht ja schon in der Bibel geschrieben: Es ist nicht gut, daß der Mensch allein sei«, erläuterte der Halfen schmunzelnd.

Josef schluckte. Jetzt wurde über sein Lebensglück entschieden. Bis vor kurzem war es das einzige Problem, das er hatte. »Und wen habt Ihr mir zum Weibe bestimmt?«

»Das Problem ist, daß wir hier auf dem Hof seit der letzten schwarzen Pest kaum noch junge Frauen haben«, führte der Propst aus. »Deshalb ist es schwer, eine für dich zu bestimmen. In der Stadt gibt es ja immer mehr Frei-Ehen ohne die Zustimmung der Obrigkeit und noch dazu ohne kirchlichen Segen. Das kann ich auf unserem Hof natürlich nicht gutheißen, wie du einsehen mußt. Hier müssen geregelte Zustände herrschen. Aber vielleicht schaffen wir es ja, die Wünsche der zukünftigen Eheleute mit den Interessen des Hofes zu verbinden?«

Josef wurde ganz aufgeregt. Er wußte: Einfache Leute hatten auch in diesem Punkt zu gehorchen und konnten keinerlei eigene Wünsche anmelden. Manchmal kamen dabei aber auch so harmonische Verbindungen heraus wie bei seinen eigenen Eltern. Hoffen durfte man darauf selten. Aber sollte sich sein Traum auf eine endgültige Verbindung mit Helene etwa erfüllen? Also gut wer nicht wagt, der nicht gewinnt sprach er sich selber Mut zu und fragte dann mit klopfendem Herzen: »Und wenn ich schon ein Auge auf jemanden geworfen hätte, würde das Euer oder auch unser Problem lösen, Halfen?«

Der Halfen grinste und nickte dann: »Du hast mich ganz recht verstanden. Ich habe mich in dir nicht getäuscht. Deine Antwort spricht für deine rasche Auffassungsgabe – und natürlich für die Liebe zum schwachen Geschlecht. Jedoch, einen Rat gebe ich dir für die Zukunft mit auf den Weg:

Zeige den hohen Herren nie, was für ein schlaues Kerlchen du bist! Das können diese eitlen Gesellen in unseren Schichten gar nicht gut vertragen. Und nun zurück zu unserem Problem. Verstehe ich dich richtig, daß du möglicherweise schon eine Magd ins Auge gefaßt hast? Dann müssen wir baldmöglichst überlegen, wie wir euch zu eurem gemeinsamen Glück verhelfen können. Aber besser nicht zu viele Neuerungen auf einmal, arbeite dich erst mal in deinen neuen Stand ein, das andere kommt danach. Doch nun genug für heute. Die Hausfrau ruft bestimmt gleich zum Abendbrot, und du wirst auch sicher hungrig sein. Und dann ab ins Stroh, morgen wartet viel Arbeit auf uns.«

Der Ychpohl

Helene brachte wiederum eine unruhige Nacht hinter sich. Obwohl sie sich für keine Arbeit zu schade gewesen war und trotz ihrer starken, kräftigen Arme bis an die Grenzen der Erschöpfung geackert hatte, konnte sie für ihren schmerzenden Körper keinen Schlaf finden. Ausgerechnet heute nacht mußte die alte Vettel, mit der Helene sich das Lager teilte, so laut schnarchen, daß die Magd davon aufwachte. An

Schlaf war nun nicht mehr zu denken, sich unruhig auf dem Stroh hinund herwerfen auch nicht. Die Alte hatte sich so breit gemacht, daß Helene kaum Platz blieb. Da sie so nah beieinander lagen, fiel ihr der unangenehme Geruch umso stärker auf. So blieb sie liegen und ließ ihre Gedanken um die Probleme der letzten Tage kreisen. Sie haderte mit ihrem Schicksal: Endlich hatte sie jemanden gefunden, der sie lieb hatte und dem sie vertrauen konnte. Es hätte trotz all der Heimlichkeiten so schön sein können; aber schon versank ihr Leben in einem Chaos, das sie nicht verstand und erst recht nicht beherrschen konnte. Wie war das mit der Demut, die Gott von ihr forderte? Hatte sie nicht schon allzu früh ihre Eltern und auch ihre Heimat verloren und war ganz auf sich allein gestellt im Aegidius-Stift gelandet? Sie hatte aus ihrer Situation das Beste gemacht und die Hände nicht in den Schoß gelegt. Alle Ratschläge der Kirche hatte sie beherzigt: Sie war fleißig, demütig und gottesfürchtig. Stand ihr da nicht wenigstens ein kleines bißchen Glück zu sie war ja schließlich keine Nonne. Doch was nun ohne ihr Verschulden über sie erneut hereingebrochen war, machte sie zornig. Ihr armer Josef steckte in Schwierigkeiten und durfte sich daher keinesfalls mehr in der Stadt blicken lassen. Und sie hatte doch solche Sehnsucht nach ihm, wollte von ihm getröstet werden und alles andere vergessen.

Als das Haus wach wurde und die Pflichten riefen, stand sie völlig gerädert auf, spritzte sich eine Handvoll Wasser ins Gesicht und reinigte sich die Zähne mit ein wenig Kraut. Nun erwachte ihr alter Tatendrang schnell wieder. Sie war jung und kräftig, da mußte sie schon einmal mit so wenig Nachtruhe auskommen.

Nun verrichtete sie ihren üblichen Tagesablauf, der sofort mit einer übelriechenden Aufgabe begann: Sie mußte nach den Pfründern sehen. Einige der älteren Frauen hatten in der Nacht ihr Lager eingenäßt und mußten gereinigt werden. Dann sammelte sie die Nachtgeschirre ein und entleerte sie in einen großen Kübel. In ein paar Stunden würde der Urinsammler kommen, der den Inhalt dieses Kübels mitnahm und an die Gerber weiterverkaufte. Für ihre Mitarbeit steckte der komische Kauz Helene manchmal etwas zu. Das versüßte ihr diese Arbeit ein wenig. Oft mußte sie an das Sprichwort denken, das sie einmal bei den geistlichen Herren aufgeschnappt hatte: Pecunia non olet. Nachdem man ihr den Inhalt erklärt hatte, schmunzelte sie beim Wegstecken ihrer kleinen Münze.

Dann ging es in die Küche, wo die erste Mahlzeit des Tages zubereitet werden mußte. Hoffentlich war der Hospitalmeister heute nicht allzu kritisch – er hatte gerne etwas an Helenes Arbeit zu beanstanden, egal wie gewissenhaft sie war. Er war halt ein alter Miesepeter, da mußte man oft die Ohren auf Durchzug schalten, um sich nicht über ihn ärgern zu müssen. Er hatte das Sagen, sie war ja nur die Magd. Wenigstens war er ihr noch nie zu nahe getreten. Auch dafür mußte sie in ihrer Situation dankbar sein! Helene wußte nur zu gut, daß die höheren Herrschaften keine Skrupel hatten, sich ein einfaches junges Mädchen zu greifen, wenn ihnen die Säfte hoch stiegen. Gefragt wurde man dabei nicht. Und wenn man dann mit einem dicken Bauch herumlief, wurde man auch noch mit Schimpf und Schande aus dem Haus getrieben. Das war nicht gerecht! Da hatte es die selige Jungfrau Maria doch einfacher gehabt mit dem Heiligen Geist.

Obwohl, der Zusammenhang zwischen den lüsternen Herren und den dicken Bäuchen der Mädchen war ihr nicht ganz klar. Was stellten Männer und Frauen eigentlich an, damit es zu einer Schwangerschaft kam? Geburten hatte sie im Hospital ja schon mitbekommen, aber wie kam das Kind nur in die Frau? Darüber mußte sie einmal mit Anna reden. Hoffentlich machte sie dann nicht auf schüchtern und zickig. Ob bei Josef und ihr etwa...? Daran durfte sie gar nicht denken: Heilige Maria sie mit einem dicken Bauch und ohne Ehemann. Da würde auch der Hospitalmeister nicht gerade zimperlich mit ihr umgehen. Was für eine grauenhafte Vorstellung. Aber weg mit den schwarzen Gedanken, noch mehr Probleme konnte sie weiß Gott wirklich nicht mehr gebrauchen.

Dieses Thema ließ sie aber auch während der Küchenarbeit nicht los, zu viel ging ihr durch den Kopf. Warum eigentlich hatte der Hospitalmeister sie die ganzen Jahre in Ruhe gelassen? Sie war doch keine häßliche alte Vettel, und ihre üppige Brust konnte sich doch auch sehen lassen. Hatte der etwa keine Lust auf eine Frau? Helene erinnerte sich plötzlich an die Blicke und Gesten, die zwischen dem Hospitalmeister und dem Stadtdechanten hin und her flogen, wenn sie sich unbeobachtet glaubten. Als ob sie Liebesleute wären. Aber so was gab es doch nicht.

Das war schon in der Bibel als schwerste Sünde angesehen worden. Helene war inzwischen so verwirrt, daß sie nicht mehr wußte, was sie glauben und denken sollte. Das war ebenfalls kein gutes Thema, um auf andere Gedanken zu kommen. Fragen konnte sie danach sowieso keinen. Also besser diese unerquicklichen Gedanken ganz beiseite schieben.

Mit einem Ruck löste sie sich vom Herd, um dem Hospitalmeister sein Mahl zu bringen, und so fertig wie sie heute war, konnte sie nur dankbar sein, daß er sie keines Blickes würdigte.

Danach versorgte sie die Pfründer mit Essen und reinigte noch die Kammern.

Am späten Vormittag schickte der Hospitalmeister sie zum Mörsischen Haus, in dem der Stadtdechant wohnte. Das imposante Haus stand an der Nordseite der Stadtmauer, und wenn man von seiner Terrasse hinunterschaute, hatte man eine beeindruckende Aussicht auf das Münster und die Martinskirche. Dieses Gebäude würde sicherlich auch noch in vielen Jahrhunderten zu erkennen sein. Helene mochte es dennoch nicht. Es war ihr zu protzig und das Gesinde war auch ihr gegenüber hochmütig und unfreundlich. Als ob sie etwas Besseres wären als ich, dachte Helene trotzig. Sie hatte durch ihr Leben im Hospital und ihre spezielle Situation als Waisenkind ein besonderes Gespür für Richtig und Falsch erworben. Und das Mörsische Haus strahlte diese Kälte aus, das war nicht gut.

Egal ob sie es mochte oder nicht, sie mußte da hingehen, um einen Brief vom Hospitalmeister abzugeben.

Als sie jedoch am Ychpohl vorbeikam, stutzte sie. Eine große Menschenmenge hatte sich versammelt. Zerlumpte Bettler, biedere Hausfrauen, Kinder jeden Alters, Handwerksburschen, Marktfrauen, Händler, Knechte und Mägde ganz Bonn schien sich hier versammelt zu haben. Was mochte da wohl los sein? Die Neugierde trieb Leni an und ließ sie nähertreten. Sie wollte doch auch erfahren, was es Wichtiges zu begaffen gab. Und da sah sie auch schon, daß ein verschmutztes Etwas aus dem trüben Tümpel gezogen wurde. Schnell wandte sie sich ab und erkannte so ein vertrautes Gesicht in der Menge: ihre Freundin Anna. »Was ist denn hier los?« fragte sie diese ganz aufgeregt.

»Die Schweine waren hier in der letzten Zeit so verrückt und sind immer wieder ins Wasser gegangen, um mit ihren Rüsseln auf dem Grund zu graben. Erst haben alle sich keine Gedanken gemacht und gedacht, daß sie dort was zum Fressen gefunden hätten. Aber dann ist ein Knecht auf der Suche nach einem vermißten Ferkel ganz nah an diese Stelle herangekommen und hat um Hilfe gerufen, weil ihm der Klumpen im Wasser komisch vorkam. Weiter weiß ich auch nichts.«

»Aber sieh doch nur«, stöhnte Anna auf. »Bei Gott und allen Heiligen, was haben die Schweine denn da aufgewühlt?«

Helene schrie bei diesem Anblick auf: »Um Gottes Willen, das sieht ja aus wie ein halber Mensch. Den Rest haben die Schweine gefressen. Wie eklig.« Auch wenn sie aus dem Hospital schon schlimme Anblicke gewöhnt war, es übertraf dieser doch alles, was ihr je begegnet war: Von der armen Kreatur war nicht viel übrig geblieben. Ein Gesicht gab es nicht mehr, aber an der verbliebenen Kleidung konnte Helene ein paar Spitzen entdecken. Sie deutete darauf und sagte zu Anna: »Sieh doch nur, das muß ein feiner Herr gewesen sein!«

Aber Anna schaute sie nur scharf an und zog sie aus der Menschenmenge hinaus in eine stillere Ecke: »Woher willst du Unschuldsgans denn überhaupt wissen, daß es ein Mann war?« zischte sie. »Halt lieber den Mund und laß die Büttel ihre Arbeit tun. Nachher machst du dich noch verdächtig.«

Helenes Herz raste. War sie etwa dabei, ihr Geheimnis zu verraten? Schnell faßte sie sich wieder und schnauzte zurück: »Zwischen den Beinen war ja nichts mehr zu erkennen, aber die linke Brustseite war noch nicht angefressen, und da war kein Busen, also muß es ein Mann gewesen sein. Und du und ich, wir tragen keine Spitzen, also muß ich Unschuldsgans bemerken, daß es ein besserer Herr gewesen ist.«

Das mußte Anna denn doch bestätigen. Inzwischen war sie ganz bleich im Gesicht geworden. »Entschuldige, Leni, mir ist ganz schlecht geworden. Laß uns lieber weiter gehen. Unsereins sollte sich in solch dunkle Angelegenheiten gar nicht einmischen.«

Aus der Entfernung konnten die beiden Freundinnen erkennen, wie die Leiche auf einen Karren geladen und zu ihrer Verblüffung zu einer kleinen Pforte des Münsters gefahren wurde. Inzwischen war wieder Farbe in Annas Gesicht zurückgekehrt. »Tut mir leid, Helene, ich wollte dich nicht so anfahren. Aber das war so ein grauenvoller Anblick, das hat mich

ganzfertig gemacht. Und übel ist mir geworden. Aber
wenn ich es mir so recht überlege, kann das der
Leichnam des armen Herrn Alexander sein, der doch
vermißt wird. Gott sei seiner Seele gnädig.«

Anna und Helene standen noch einen Moment
wortlos zusammen und schauten zu, wie die Menge
sich verlief. »Ich glaube, wir müssen wieder an unsere Arbeit«, mahnte Anna, und so trennten sich die
Mägde.

Helene wurde im Mörsischen Haus eingelassen
und erledigte ihren Auftrag. Nachdenklich ging sie
zum Hospital zurück.

Vorbereitungen

Josef wachte zeitig auf am Sonntag. Die letzten
Tage waren angefüllt gewesen mit harter körperlicher
Arbeit; der Halfen nutzte jede helle Minute dieser
heißen Tage, um seine Scheune mit Heu zu füllen. So
war er jeden Abend todmüde ins Stroh gesunken und
hatte auch erholsamen Schlaf gefunden. Trotzdem
quälten ihn ständig die Gedanken an seine Helene. Es
war so schlimm, daß er sich in der Stadt nicht blicken
lassen durfte; zu gerne hätte er seine Liebste in den
Arm genommen, sie geküßt und getröstet. Wie
mochte es ihr wohl gehen?

Nun aber mußte er seiner Christenpflicht
genügen und zur Messe gehen. Vielleicht würde der
Pfarrer ja ihn und seine neue Aufgabe als Oberknecht
erwähnen? Da wollte er gut aussehen! Freudig
machte er sich auf zu der Kate, in der seine Mutter,

Karl und dessen beide Töchter hausten. Als er eintrat, saß seine Familie vor einer Schüssel mit Hirsebrei.

»Einen guten Morgen wünsche ich euch«, sagte Josef fröhlich. »Darf ich mitessen?«

Seine Mutter stutzte. »Du warst doch zur Beichte vor einigen Tagen, da willst du doch bestimmt heute zur Kommunion gehen.«

Josef setzte sich auf die Bank neben seinen Bruder. »Nein, eigentlich nicht.« Er zückte seinen Löffel und langte kräftig zu. »Ich habe viel zu großen Hunger«, und, immer noch schluckend, »Mutter, du hast doch noch die schöne Cotte, für die du selber den Flachs gesponnen hast. Darf ich die heute am heiligen Sonntag anlegen?«

»Ich weiß zwar nicht, warum du heute den feinen Herrn spielen willst aber meinetwegen. Nimm sie nur. Sie liegt dort im Kasten.«

Josef wechselte die Kleidung, und gemeinsam zog die Familie zur Messe nach St. Maria Magdalena.

Der Kirchenraum war bereits gefüllt mit Menschen. Hinter dem Lettner hörte man lateinisches Gemurmel, das aber niemand zu beachten schien. Josef begrüßte seinen Freund Köbes und sah den Halfen, der mit Frau und Kindern in der Nähe stand und sich angeregt mit dem Ritter von Huys unterhielt. Eine Schar kleiner Jungen und Mädchen spielte Fangen zwischen den Gläubigen; ein kleines Ding riß an Josefs neuer Cotte, als es sich hinter ihm versteckte, und Josef fuhr das Kind an: »Sei doch vorsichtig! Das sind gute Kleider!«

Da läutete das Glöckchen, die Gemeinde verstummte, und einige gingen zum Lettner, um die

Kommunion zu empfangen. Bald darauf war die Messe zu Ende, und der Pfarrer trat zu seiner Gemeinde.

»Ich habe euch«, sagte er, »folgende Mitteilungen zu machen...«

Josef hörte gar nicht richtig hin, bis sein Name fiel.

»Und ab morgen ist der Josef Oberknecht auf dem Propsthof und zuständig für die Versorgung der Pferde.«

So war es richtig! So hatte er sich das erhofft! In einem Glückstaumel trat Josef aus der Kirche, wo er freundschaftliche Klapse von seinen Mitknechten auf die Schulter bekam, die ihm auf diese Weise gratulierten. An der Seite stand seine Familie, zu der er nun ging, stolz, aber auch etwas beklommen: Wie würde Karl reagieren? Der fing auch gleich an, seinen kleinen Bruder anzugreifen.

»Das hast du ja gut hingekriegt! Mir die Stelle wegnehmen! Hast dich womöglich beim Halfen eingeschmeichelt? Du solltest dich schämen!«

Wie gut, daß die meisten Leute schon den Kirchplatz verlassen hatten und Karls Geschimpfe nicht mit anhören mußten. Zu Josefs Überraschung wurde er von seiner Mutter in ruhigen, aber energischen Worten verteidigt. »Karl, du bist jetzt still! Schau dir deine zwei Kinder an! Sie können nur deshalb am Propsthof bleiben, weil Josef die Stelle des alten Ruppert bekommt! Meinst du etwa, du könntest alleine für sie sorgen? Du hättest die Stelle nie bekommen nach deinem Unfall, und daß der Josef sie jetzt hat, ist ein Glück für uns alle.«

Überraschend gab Karl klein bei. »Du hast ja recht, Mutter. Es tut nur so weh.«

Karl schluckte, und fast fing er an zu weinen.

Seine Mutter faßte ihn liebevoll bei den Schultern. »Laß es gut sein, Karl«, sagte sie still. »Und jetzt«, sie streckte sich, »laßt uns zum Propsthof gehen und hören, ob der Halfen uns noch etwas mitteilen will.«

Es war eine gute Tradition des Halfen, seine Leute nach der Sonntagsmesse über die Aufgaben der kommenden Woche zu informieren. Als Josef und seine Familie am Propsthof ankamen, hatte sich schon das gesamte Gesinde vor der Tür des Halfen versammelt. In diesem Moment trat er zu ihnen.

Wie immer wunderte Josef sich, wie der Halfen es schaffte, sich nicht nur Respekt zu verschaffen, sondern seine Leute auch für den angesehenen Propsthof und ihre Arbeit zu begeistern.

»Leute«, hallte die kräftige Stimme des Halfen über die Köpfe der Zuhörer, »ihr habt wacker gearbeitet in den letzten Wochen, und mit Gottes Hilfe wird uns eine gute Ernte in diesem Sommer den verdienten Lohn für unsere Arbeit bringen. Und nun«, der Halfen schaute in die Runde, »bestätige ich gerne, was unser Pfarrer vorhin schon nach der Messe ankündigte: Josef wird der neue Oberknecht.«

Freundliches Gemurmel folgte seinen Worten.

»Ich denke, Josef ist der richtige Mann für diese Aufgabe, und ihr werdet ihm den nötigen Respekt entgegenbringen, wie ihr ja auch dem alten Ruppert gefolgt seid.«

Der Halfen machte eine kleine Pause, bevor er fortfuhr: »Nun habe ich euch noch etwas zu verkünden. Die Herren vom Stift haben beschlossen, morgen in Endenich eine Beizjagd zu veranstalten, und wir Leute vom Hof müssen sie dabei unterstützen. Das ist eine hohe Ehre für den Hof, die leider auch mit viel Arbeit verbunden ist. Wir müssen für ungefähr 20 hohe Herren und auch einige edle Damen das Mahl bereiten und die Vorbereitungen für die Jagd treffen. Radegund, du als Köchin wendest dich an meine Frau; ihr werdet für morgen einige Mädchen für den Herd brauchen und zur Bedienung der hohen Herrschaften.

Wie immer wunderte Josef sich, wie der Halfen es schaffte, sich nicht nur Respekt zu verschaffen, sondern seine Leute auch für den angesehenen Propsthof und ihre Arbeit zu begeistern.

Und mit dem Josef spreche ich gleich über die Jagdvorbereitungen, die er mit meiner Hilfe vornehmen soll. Für einige von euch«, der Halfen blickte freundlich in die Gesichter seiner Leute, »heißt das leider, daß ihr auf die verdiente Sonntagsruhe verzichten müßt. Das tut mir leid, denn ich weiß, ihr habt euch auf die freie Zeit gefreut. Aber wir Propsthöfler haben jetzt eine wichtige Aufgabe zu erfüllen, und darauf sollten wir auch ein wenig stolz sein.«

Damit hatte der Halfen seine kleine Ansprache beendet. Die Leute zerstreuten sich, Radegund und die Frau des Halfen steckten bereits die Köpfe zusammen, und Josef folgte dem Halfen ins Haus. Bei einem Krug des guten Propsthof-Bieres hörte Josef sich an, was der Halfen über die kommende Jagd zu vermelden hatte.

»Also, Josef, an den Weihern zwischen Endenich und Lengsdorf sind Reiher gesichtet worden, und zwar so viele, daß wir um den Fischbestand in den Weihern bangen müssen. Verdammte Vielfraße! Und so kommt es uns heuer recht gelegen, daß die hohen Herrschaften besonders gerne auf die Reiherbeize gehen. Die edlen Herren können ihre wertvollen Falken vorführen, und die Damen sind besonders hinter den Reiherfedern her. Unsere Herrschaft kommt mit ihren eigenen Falkenmeistern, und diesen Teil der Vorbereitungen übernimmt der des Kardinals Johannes. Du mußt die Gruppe der Treiber zusammenstellen. Du wirst ungefähr fünf Männer brauchen, und ihr bewaffnet euch mit Prügeln und stellt euch an der Lengsdorfer Seite der Weiher ins Unterholz, sodaß ihr die Reiher in Richtung Endenich scheuchen könnt. Die hohen Herrschaften und ihr Gefolge werden sich auf der Endenicher Seite des Weihers befinden, und ihr müßt vorher an eurem Platz sein. Ich denke«, der Halfen überlegte, »ihr solltet euch auf den Weg machen, wenn es zur Terz läutet. Ich werde mich in der Nähe unserer Herrschaft aufhalten, so daß ihr mich sehen könnt, und wenn alle bereit sind, gebe ich euch ein Zeichen. Dann legt ihr los und treibt die Reiher mit Schlägen und Getöse aus dem Unterholz. Aber bis dahin müßt ihr mucksmäuschenstill sein und auch keine unbedachten Bewegungen machen. Wenn ihr die Reiher vorzeitig aufscheucht, habt ihr den Herrschaften die Jagd verdorben, und das werden wir alle bitter zu bereuen haben!«

Josef hatte genau zugehört. »Wir werden uns bemühen, unserer Herrschaft eine angenehme Jagd zu bieten, Halfen«, sagte er ernst.

»Danke, Josef. Und nun lauf und suche dir deine Männer für morgen aus.« Damit war Josef entlassen.

Wen sollte er auswählen für die Jagd? Natürlich als erstes den Köbes, und mit dem wollte er die Jagd auch noch einmal besprechen. Er traf ihn beim Sonntagsmahl in der Halle und setzte sich neben ihn auf die Bank. »Köbes, ich muß mit dir reden!« Die neue Würde als Oberknecht war ihm noch ein wenig fremd. Zu seiner Überraschung lachte der Köbes nur, legte den Löffel aus der Hand und schlug ihm herzlich auf die Schulter. »Gott sei's gelobt, Josef, du bist noch der alte. Kein strammer Oberknecht! Also, was gibt es denn?«

»Du mußt mir helfen. Ich soll eine Gruppe von fünf Männern für die Beizjagd zusammenstellen. Du machst ja wohl mit? Wen nehmen wir denn noch? Und dann muß ich alle zusammentrommeln und euch sagen, wie die Jagd vor sich geht.«

»Das mache ich gerne«, sagte Jakob. »Und denk an deinen Bruder, der soll auch eine gute Aufgabe von dir bekommen. Sonst fühlt er sich abgeschoben. Erinnere dich, wie sauer er nach der Messe aus der Wäsche geschaut hat.«

»Das ist eine gute Idee. Danke, Köbes, daß du mich darauf hingewiesen hast. Karl sollte sich beim Halfen auf der Endenicher Seite nützlich machen. Und jetzt«, Josef zückte seinen Löffel, »muß ich mich erst einmal ein bißchen stärken, bevor ich an meine neue Arbeit gehe. Ist gar nicht so einfach, die Sache mit dem Oberknecht.«

Nach dieser langen Rede langte der Josef erst einmal tüchtig zu. Dann standen die beiden Freunde auf, um die weiteren Männer für die Jagd auszusuchen und zu instruieren.

Später ging Josef zu der Kate, in der seine Familie lebte. Seine Mutter saß vor der Tür im Schatten und flickte eine Cotte; Karl saß neben ihr und schnitzte mißmutig an einem Stück Holz herum.

»Na, Karl, was soll das denn werden?« fragte Josef fröhlich.

»Eine Puppe für meine Jüngste.« Nach dieser langen Rede schwieg Karl verbissen. Offensichtlich konnte er sich trotz der mahnenden Worte seiner Mutter nicht so schnell mit der neuen Würde seines Bruders abfinden.

»Morgen mußt du aber damit fertig sein, Karl. Da brauchen wir dich für die Jagd.«

»Tatsächlich? Ihr braucht mich?«

»Ja«, sagte Josef. »Ich weiß, daß du gut mit Hunden umgehen kannst, und deshalb bitte ich dich, morgen die Stöberhunde der Herrschaften zu bewachen, damit sie nicht zu früh in die Weiher eindringen.«

Karl klang jetzt etwas freundlicher. »Das ist mir lieb. Bei den Treibern möchte ich nicht gerne sein. Da hat Vater einmal eine Geschichte erzählt, und die klang gar nicht so lustig. Mutter wie lange ist das her, daß Vater mit auf die Beizjagd mußte? Zwanzig Jahre?«

Die Mutter blickte von ihrer Arbeit auf und überlegte. »Ja, das war anno 1346. Da hat im Bonner Münster die Salbung und Krönung des Königs Karl stattgefunden.« Karls Töchter rückten näher an die Großmutter: »Erzähl weiter, Großmutter!«

»Die Stadt war voll von edlen Herrschaften und hohen Geistlichen; ich glaube, die Erzbischöfe von Köln, Mainz und Trier und viele Bischöfe waren da; sogar der Herzog Rudolf von Sachsen ist aus der Ferne angereist gekommen. Auch damals gab es eine große Reiherjagd zur Unterhaltung der hohen Gäste, und euer Vater mußte mit in Lengsdorf Wache stehen. Es war ein scheußliches Wetter an diesem Tag, naß und kalt, und die Männer mußten sich ganz still verhalten und durften sich nicht bewegen. Und euer Großvater«, sagte sie zu den eifrig lauschenden Mädchen gewandt, »hatte genau vor seiner Nase einen Reiher sitzen, der sich die Federn putzte. Da sieht er, wie sich eine große Wildkatze anschleicht und weiß, wenn die jetzt angreift, dann gibt es einen Riesenspektakel, und alle Reiher sind weg, bevor die Jagdgesellschaft zum Zuge gekommen ist. Und was hat er gemacht? Schlau und tapfer wie er war, hat er Pfeil und Bogen hervorgeholt, gezielt, und gerade, als die Katze zum Sprung ansetzte, schwirrte der Pfeil los und traf die Katze mitten ins Herz! Jaja,...«, die Mutter blickte ganz träumerisch, »euer Großvater war ein guter Schütze! Und hat damit die königliche Reiherjagd gerettet.«

Josef hatte diese Geschichte schon oft gehört und freute sich heimlich darüber, daß sie von Mal zu Mal mehr ausgesponnen wurde. Von einer Wildkatze war früher nie die Rede gewesen. Aber die kleinen Mädchen waren ganz begeistert: »Mehr, Großmutter! Erzähl uns noch mehr Geschichten!« Was die alte Frau gerne tat.

Josef liebte diese alten Erzählungen über Dachsbauten, alte Rheinarme, Kobolde, Irrlichter, Hexen und Gespenster, aber heute konnte er seiner Mutter nicht lauschen. Er mußte schließlich zu seiner wöchentlichen Beichte zu Pater Engelbertus, obwohl er nicht wußte, was er dem Priester erzählen sollte ... leise kam ihm der Verdacht, daß es dem Pater nicht um sein Seelenheil ging, sondern daß der ihn eigentlich nur aushorchen wollte. Sei's drum. Er hatte heute ausnahmsweise nichts zu verbergen.

Die Jagd

Der große Tag war angebrochen. Schon im Morgengrauen hockte Josef in der Küche vor einem großen Topf Hirsebrei schließlich mußte man sich ja stärken für die Aufgaben des Tages! und hörte sich das Gejammer der Köchin Radegund an.

»Ach, Josef, nichts als Arbeit und Ärger! Wir müssen hier das Beste auftischen, was der Hof zu bieten hat, und ich soll gleichzeitig am Herd stehen und die Mädchen anleiten und mich dann auch noch mit den Köchen herumärgern, die die hohen Herrschaften mitbringen können die denn nicht zufrieden sein mit dem, was wir ihnen bieten? Was müssen uns denn diese hochnäsigen Herrschaftsköche noch in die

Arbeit pfuschen! Ach Gott«, hier bekreuzigte sich die Köchin schnell, »hoffentlich geht alles gut!«

»Wird schon werden«, beruhigte Josef sie. »Aber sicher sind wir alle froh, wenn wir diesen Tag hinter uns gebracht haben.« Mit diesen Worten verabschiedete er sich von der Köchin und machte sich mit seinem Freund Jakob und den anderen vier Knechten auf den Weg.

Die Männer marschierten über Duisdorf nach Lengsdorf zu den Niederungen, in denen die Jagd stattfinden sollte. Dieses Gebiet war Josef schon immer rätselhaft vorgekommen. In einem weiten Bogen von Meßdorf und Duisdorf bis nach Lengsdorf gab es eine Anzahl von zusammenhängenden Weihern, als ob einst ein Fluß hier geflossen und später verlandet sei. Aber der Rhein floß weit entfernt in seinem Bett, und Josef konnte sich nicht vorstellen, daß das einmal anders gewesen sein sollte.

Langsam und möglichst lautlos schließlich sollten die kostbaren Reiher nicht vorzeitig aufgescheucht werden! drangen die Männer in die Niederungen ein. Josef kannte sie gut. Er hatte als Kind oft hier gespielt, obwohl seine Eltern es ihm streng verboten hatten. Schließlich war man angekommen. Josef atmete auf und blickte in die Runde. »Hier sind wir also, Männer. Habt ihr alle eure Prügel bereit? Gut.« Er wies jedem der Männer einen Platz zu. »Hier bleibt ihr. Und ich«, er sah sich um, »jawohl, es gibt ihn noch. Ich klettere dort auf den Baum. Da kann ich alles sehen, was auf der Endenicher Seite vor sich geht. Schaut immer zu mir. Wenn der Halfen sein Zeichen gibt, hebe ich den Arm, und dann geht's los.«

Josef kletterte auf den Baum, der ihm aus Kindheitstagen so vertraut war. Aber viel kleiner kam er ihm jetzt vor! Er suchte sich eine bequeme Gabelung und schaute sich um. Er hatte recht gehabt; von hier aus konnte er die Wiesen hinter der Endenicher Burg gut überblicken.

Inzwischen stand die Sonne hoch am Himmel, aber noch war keine Jagdgesellschaft zu sehen. Josef wartete und schwitzte in seinem Baum. Endlich tat sich etwas in Endenich; Josef beschattete seine Augen mit der Hand und konnte einige Pferde, viel Fußvolk und die Falkenmeister ausfindig machen. Die Falken auf ihren Armen trugen noch die Schutzkappen. Als die imponierende Truppe zum Stillstand gekommen war, entdeckte Josef auch den Halfen, der nun zu ihm herübersah und mit dem Hut winkte. Das war das verabredete Zeichen. Josef hob den Arm, und er und seine Männer fingen nun an, ihre Stöcke aufeinander zu schlagen. Während Josef auf seinem Baum blieb, bewegten sich seine Männer langsam vorwärts in Richtung Weiher. Plötzlich hielt Josef inne. Wenige Schritte vor ihm war ein Reiher zu sehen, ein kräftiges und prächtiges Tier, um einiges größer als die Jagdfalken. Wer hier wohl Sieger bleiben würde?

Wieder schlug Josef seine Hölzer aufeinander, und der Reiher erhob sich mit kraftvollem Schwung in die Lüfte. Kaum hatte er etwas an Höhe gewonnen, hatten ihn die Falkenmeister wohl auch gesehen, denn es erklangen plötzlich Trompeten. Fünf Falken stiegen auf und begannen ihre tödliche Jagd. Schon erfolgte der erste Stoß eines Falken auf den Reiher, der jedoch dem Angriff geschickt ausweichen konnte.

Weitere Falken griffen ihn an, begleitet von den Trompetensignalen des Falkenmeisters. Nun wehrte sich der Reiher, legte den Kopf in den Nacken und streckte den langen Schnabel dem neuen Angreifer entgegen, der mit dieser Attacke nicht gerechnet hatte und von dem langen Schnabel aufgespießt wurde. Der Reiher senkte den Kopf nach unten, um den aufgespießten Falken wieder loszuwerden. In diesem Augenblick stießen zwei weitere Falken auf den Reiher zu und verkrallten sich rechts und links in seinen Rumpf und in die Flügel. Ein Knäuel von Federn stürzte in den Weiher. Jetzt wurden die Hunde losgelassen, die sich ins Wasser stürzten, um den toten Reiher zu apportieren, und die Falken kehrten zu ihren Meistern zurück, um auf den nächsten Reiher zu warten. Der wurde in diesem Augenblick auch aufgestöbert, und es wiederholte sich das Spiel von Angriff und Gegenwehr, begleitet von Trompetenstößen, die jedes Mal beim Stoß eines Falken einsetzten. Auch dieser Reiher wurde erlegt, und dieses Mal kam keiner der kostbaren Falken zu Schaden. Nun stiegen rechts zwei weitere Reiher auf, die versuchten, in Richtung Lengsdorf auszuweichen. Doch die Falken erlegten nur eines der beiden Tiere, das andere konnte entkommen.

Tief beeindruckt saß Josef in seiner Astgabel. Er war jetzt selbst vom Jagdfieber angesteckt und verfolgte die faszinierenden Kämpfe der größeren, wehrhaften Reiher mit den abgerichteten Falken. Die Sonne stand mittlerweile über Lengsdorf, und Josef saß im tiefen Schatten des Blätterdickichts, das ihn an das Halbdunkel im Mondlicht auf der Stadtmauer erinnerte. Er zwang sich, diese unangenehme Erinnerung aus seinem Kopf zu vertreiben und schaute wieder hinüber zum Weiher. Dort waren mittlerweile alle Falken auf die Hand ihrer Falkner zurück geflogen, offensichtlich war die Jagd zu Ende. Aber anscheinend waren noch nicht alle Hunde zurückgekehrt, denn einige Knechte und sogar Herrschaften kamen jetzt von der Endenicher Seite in das Sumpfgebiet der Weiher.

»Das ist nicht meine Arbeit«, dachte Josef. »Die sollen ihre schlecht erzogenen Hunde selber suchen. Ich habe keine Lust, mich von Jagdhunden anfallen zu lassen.« Das, wußte er, war durchaus schon vorgekommen. Die Knechte hatten sich gewehrt und waren dann bestraft worden, weil sie den wertvollen Hunden Verletzungen zugefügt hatten. Ein Jagdhund war eben wertvoller als ein Knecht.

So blieb er behaglich an seinem luftigen Platz, genoß die Sonne, hoffte, daß seine Kleider bald trockneten und achtete nicht auf die Geräusche in seiner Nähe. Er hatte seine Aufgabe erledigt, und der Halfen würde stolz auf ihn sein!

Klong.

Eine Handbreit über seinem Kopf zitterte ein Pfeil im Baumstamm. Josef schrak zusammen. Entsetzt blickte er in die Richtung, aus der der Pfeil gekommen war, und entdeckte, ungefähr dreißig Schritte vor ihm, den Stiftsherrn Georg, der gerade auf seiner Armbrust den zweiten Pfeil auflegte.

Schon wieder erwischt! Schon wieder war er nicht rechtzeitig weggelaufen! Nun hatte der

Stiftsherr ihn entdeckt, wiedererkannt und versuchte, ihn umzubringen! Josef sprang von seinem Baum, in dem plötzlich ein zweiter Pfeil zitterte, und rannte durch das Unterholz in Richtung Lengsdorf.

Hoffentlich gab es noch die Baumhöhle, in der er sich als Kind so gerne versteckt hatte, die war jetzt seine einzige Rettung. Und die Tatsache, daß er jung und behende, der Stiftsherr jedoch alt und behäbig war: Er konnte einfach schneller laufen und kannte sich auch besser aus in dieser Umgebung. Und darauf kam es jetzt an. Erschießen, das wußte Josef, konnte ihn der Stiftsherr nicht, während er hinter ihm herlief. Dem Himmel sei Dank ein Stoßseufzer zu seinem Namenspatron der alte Baum stand noch. Schnell schwang er sich in den Baum und ließ sich in die Höhle hinabgleiten, die durch das Abbrechen der Krone bei irgendeinem Sturm entstanden war. Japsend und mit Seitenstichen kriegte er mit, wie kurze Zeit später der Stiftsherr an ihm vorbeilief. Durch ein kleines Astloch konnte er sehen, wie Georg von Buschhoven, immer noch mit der Armbrust in der Hand, durchs Gestrüpp streifte, nach einiger Zeit aber in Richtung Endenich zurückkehrte.

Ein völlig verzweifelter Josef saß in der Baumhöhle und versuchte, seine Gedanken zu ordnen. Warum, bitte, hatte der Stiftsherr seine Armbrust zu einer Falkenjagd mitgenommen? Warum war er nach der Jagd mit den Knechten durchs Unterholz gestreift? Er mußte also von Anfang an geahnt haben, wo man den unliebsamen Zeugen der Mordnacht finden könnte. Und ganz eindeutig hatte er die

Jagd nutzen wollen, um ihn loszuwerden. So ein kleiner Jagdunfall kam doch immer mal vor ...

Auf keinen Fall konnte er in Endenich bleiben, wo Georg ihn nur allzu leicht aufspüren und umbringen lassen konnte. Er mußte fliehen.

Wohin? Josef kannte nichts von der Welt außer Bonn und die Dörfer der Umgebung. Wie sollte er in der Fremde überleben? Und was würde aus Helene?

Zum Propsthof konnte er auf keinen Fall zurückkehren, dort saß die Jagdgesellschaft jetzt beim Halfen und schmauste, was Radegund und die verhaßten fremden Köche auf den Tisch gebracht hatten.

Pater Engelbertus. Wenn der ihm nicht helfen konnte, war er verloren.

Josef kletterte aus seiner Baumhöhle, schaute sich sorgfältig um, ob auch niemand in der Nähe war, und lief vorsichtig auf die Poppelsdorfer Seite des Sumpfgebietes, um dann in einem großen Bogen über die Magdalenenstraße zur Kirche zu gelangen.

Der Spätnachmittag war immer noch heiß; die Menschen verkrochen sich in ihren Hütten, wenn es ihnen möglich war. Trotz des Aufruhrs, der in seinem Inneren tobte, gelang es Josef, ruhig und gelassen auf seinem Weg zu erscheinen, und er hatte Glück: Er fiel niemandem auf.

Auch die Magdalenenkirche lag ruhig im Sonnenschein, kein unliebsamer Beter war zu sehen. Josef schaute sich noch einmal flüchtig um, dann huschte er hinein, schlug ein Kreuz, kniete nieder und hoffte, hier nun zu Atem zu kommen da sah er zu seiner großen Überraschung den Pater Engelbertus, der offensichtlich ins Gebet versunken war. Schnell trat Josef an seine Seite. Der Pater schaute verärgert auf.

»Josef, was störst du mich im Gebet!«

»Ich bin in Not und brauche Eure Hilfe.«

»Was ist passiert?« wollte der Priester wissen. »Ich war heute auf der Falkenjagd. Da hat der Stiftsherr Georg versucht, mich zu töten.«

Jetzt zitterte der Josef am ganzen Körper. Der Priester fuhr zusammen.

»Was sagst du da?«

In diesem Augenblick hörte man Pferdegetrappel vor der Kirchentür. Pater Engelbertus sprang auf.

»Schnell, Josef, du mußt weg von hier. Komm mit.«

Eilig zog er den Knecht in eine dunkle Ecke, öffnete eine kleine Tür, die Josef noch nie vorher aufgefallen war, und schob den ihn in einen winzigen Verschlag.

»Du stehst unter dem Schutz von St. Maria Magdalenen«, erklärte er. »Hier bist du vorläufig sicher. Aber sei um Gottes Willen still.« Mit diesen Worten schloß er die Tür, und Josef hockte nun in der Dunkelheit und hörte, wie der Pater mit jemandem sprach, der wohl gerade in die Kirche gekommen war. Georg.

»Gelobt sei Jesus Christus«, tönte der Stiftsherr.

»In Ewigkeit, Amen«, antwortete Engelbertus.

»Warum bist du hier?«

»Ich will dich zum Jagdschmaus abholen, Engelbertus. Du solltest dich mal wieder unter besseren Leuten sehen lassen.«

»Ich bin ganz zufrieden hier«, gab der Priester zu bedenken.

»Dummes Zeug. Was soll jemand mit deinen Gaben in diesem verschlafenen Nest? Du weißt, ich bin immer dagegen gewesen, daß sie dich vom Münster entfernt haben, aber ich konnte mich nicht durchsetzen. Aber jetzt wird es Zeit, daß du wieder ein angemessenes Amt bekommst, und da solltest du heute anfangen, alte Verbindungen neu zu knüpfen. Alle Welt ist da und schmaust jetzt beim Halfen. Sofern man das, was die Köchin da verbrochen hat, genießen kann ... aber kommen solltest du.«

»Nein danke«, antwortete Engelbertus schlicht. »Ich bin gerne hier in Endenich.«

»Hm...« Josef in seinem Versteck glaubte, Spott und Häme in der Stimme des Stiftsherren zu hören.

»Gibt es da noch einen anderen Grund, warum du nicht willst? Nun gut. Ich gehe jetzt. Aber ich komme später wieder, weil ich dich noch etwas fragen muß. Es gibt da einen Knecht, der verschwunden ist ... und der interessiert mich sehr.«

»Und mich interessiert mein Abendgebet«, sagte Engelbertus. »Geh mit Gott, Georg.«

Schritte. Stille. Pferdegetrappel. Josef atmete auf. Im Moment schien die Gefahr gebannt. Aber wie sollte es weitergehen? Er konnte doch nicht ewig in diesem Verschlag hocken!

Seine Fragen wurden beantwortet, als Pater Engelbertus die Tür öffnete.

»Josef, ich kann dich vorläufig nicht aus deinem Versteck entlassen. Du hast ja gehört, der Stiftsherr sucht dich.«

»Aber ich kann doch hier nicht ewig bleiben, Hochwürden? Ich habe Hunger und Durst, und ich muß auch ...«, peinlich berührt schwieg Josef.

»Du mußt dich weiter still verhalten. Ich bringe dir Wasser und Brot, und auch einen Eimer für ... hm, du weißt schon. Du bist nicht der erste, der hier Schutz gefunden hat und es hier eine Weile aushalten muß.«

»Was soll nun bloß werden?« Die Angst in Josefs Stimme war nicht zu überhören.

»Wir werden schon eine Lösung für dich finden. Aber bis dahin mußt du Geduld haben. Nun gehe ich los, um dich mit allem zu versorgen, was du brauchst. Inzwischen kannst du dein Versteck ja mal genauer erkunden. Es müßte noch ein bißchen Stroh in der Ecke sein, und vielleicht finde ich auch noch eine Decke für dich.«

Mit diesen Worten schloß der Priester die Tür, und Josef war allein in der Dunkelheit.

Die Flucht

Nach einiger Zeit wachte Josef wieder auf, es schmerzten alle möglichen Stellen. Hier mehrere Wochen versteckt sein zu müssen, das wollte er sich doch lieber nicht vorstellen. Die Zeit schien still zu stehen, denn über Stunden hörte er keinen Laut. Gerade als er die Tür seines Versteckes öffnen wollte, hörte er Schritte in der Kirche. Nach einem leisen Klopfen öffnete Pater Engelbertus die Tür, winkte Josef heraus und flüsterte: »Josef, es ist jetzt noch tiefe

Nacht, der Morgen graut aber etwa in einer Stunde. Hier kann dauerhaft für dich kein Aufenthalt sein. Es ist für dich, aber auch für mich zu gefährlich. Stiftsherr Georg war schon ein wenig mißtrauisch. Ich habe beschlossen, daß eine Flucht für dich das Sicherste ist und zwar jetzt!«

Josef war völlig verzweifelt, wohin in aller Welt sollte er fliehen? Er kannte sich doch nur in Endenich aus, und bei Helene in der Stadt war auch kein sicheres Unterkommen. Wovon sollte er leben? Mußte er zum Gesetzlosen werden? Dieses Schicksal erschien ihm aber immer noch gnädiger, als mit einem Pfeil aus Georgs Armbrust irgendwo zu verenden. Pater Engelbertus hatte jedoch schon einen Plan gemacht, denn er flüsterte weiter: »Du versteckst dich erst mal bei Bruder Sebastian auf der Höhe, der wird für dich sorgen.«

Josef gefror das Blut in den Adern: »Pater, Ihr wollt mich zu den lebendigen Toten schicken ...« Der Gedanke, bei den Aussätzigen sich auch nur aufzuhalten, geschweige denn dort unterzuschlüpfen, war für Josef völlig unvorstellbar. »Pater, das kann ich nicht ...«

Energisch flüsterte der Pater zurück: »Josef, du hast die Wahl, dich gleich von Georg erschießen zu lassen oder meinen Rat anzunehmen. Die Siechen auf der Höhe müssen öfters für einige Zeit Bürger aufnehmen, die des Aussatzes verdächtigt werden, und die haben sich noch nie über das Siechenhaus beschwert, wenn sich der Verdacht nicht bestätigt hat. Außerdem ist das der einzige Platz, an dem du zur Zeit sicher bist. Nimm diesen Siegelring für Bruder

Sebastian mit, ich kenne ihn seit vielen Jahren, und er wird dies als Zeichen von mir erkennen. Ihm kannst du vertrauen. Aber nimm dich vor Georg in acht. Wenn der dich erwischt und man den Siegelring bei dir findet, komme ich auch in Gefahr. So, jetzt mach den Mund zu und geh los!«

Zeit zum Nachdenken hatte Josef nicht mehr, denn aus Richtung Propsthof konnte man trotz der frühen Stunde Hufgetrappel hören. Pater Engelbertus öffnete für Josef eine kleine Seitentür und schob ihn hinaus, während er ihm noch einige Angaben zur Wegbeschreibung machte.

Hinter der Kirche im Kirchgarten kauerte sich Josef in der Dunkelheit sogleich hinter einem kleinen Busch nieder. Nach wenigen Minuten hörte er einen Reiter Richtung Poppelsdorf galoppieren, und er machte sich auf den Weg zur Josefshöhe. Die frische Luft nach all den Stunden in seinem stickigen Gefängnis tat ihm sichtlich gut. Was sollte nur werden, würde er jetzt auch bei lebendigem Leib sterben? Völlig aufgelöst und durcheinander machte Josef sich daran, über die Felder rechts an Dransdorf vorbei auf die Kölnstraße zu gelangen. Hier kannte er sich nicht allzu gut aus, doch der Pater hatte ihm verraten, daß er sich immer nur am Lauf des Dransdorfer Baches zu orientieren hatte, um die Richtung beizubehalten. Natürliche Markierungen waren ihm vertrauter, so wußte er von seinem Vater, daß der Endenicher Bach mit einem großen Bogen in den Dransdorfer mündete. Bald hatte er das kleine Dransdorf passiert, da graute auch schon der Morgen und Josef war dankbar, nicht die dortigen Wachhunde geweckt zu haben. Hoffentlich waren auf der hohen Straße Richtung Bornheim und auf der Kölnstraße noch nicht zu viele Händler unterwegs. Dies war die Hauptverbindung in die Stadt hinein und daher gefährlich, doch Josef war froh an ihr eine wichtige Orientierung zu haben. Immer auf der Hut und auf Geräusche von Pferden lauschend, eilte er entlang des Dransdorfer Baches weiter und kreuzte eine andere, ihm unbekannte Straße. Allmählich war es so hell, daß er als einsamer Wanderer auffallen würde. Falls ihn einer ansprechen würde, mußte er sich noch einen Anlaß für seine Reise überlegen. Aber sein Hirn war wie leergefegt. Umso glücklicher war er bisher noch keiner Menschenseele begegnet zu sein. Eine größere Kreuzung kam in Sicht. Das konnte dann wirklich nur die Kölnstraße sein, beruhigte er sich im Stillen. Verlaufen durfte er sich jetzt nicht auch noch, dann war alles zu spät. Nach den Geschichten über das Siechenhaus auf der Höhe mußte dieses auf der Kölnstraße vor dem Galgenhügel liegen, und da Josef die Straße nach links etwas ansteigen sah, machte er sich nach links in Richtung Köln weiter auf seinen Fluchtweg. Hoffentlich kam ihm keiner entgegen. Auf der alten Straße kam Josef gut voran, und nach einigen hundert Schritten sah er auf der linken Seite einige kleine Gebäude liegen, die von einer Mauer umgeben waren. Gerade in diesem Augenblick sah Josef einen Pferdewagen über der Anhöhe fahren. Die Tiere schienen noch ausgeruht, und der Wagen näherte sich rasch. Wie sollte er sich nur möglichst unauffällig verhalten? Wenn er jetzt von der Straße springen würde, so wäre das noch auffälliger ... Der

Wagen kam näher, und Josef konnte einen Bauern erkennen, der wohl auf dem Weg zum Bonner Markt war. Zu Josefs Verzweiflung wurde der Wagen auf der Höhe des Siechenhauses langsamer, der Bauer sprang vom Bock und kniete vor einer kleinen Kapelle. Es war anscheinend üblich, hier zu beten. Josef behielt seinen forschen Schritt bei und dachte fieberhaft nach, was er weiter tun sollte. Nur nicht auffallen, ermunterte er sich in Gedanken. Als er auf der Höhe der kleinen Kapelle war, sah er den Bauern vor einer kleinen Figur beten, und er beschloß, es ihm gleich zu tun. Ein Gebet in seiner jetzigen Situation würde ihn beruhigen, und den Heiligen seinen Dank auszusprechen für seine bis hierher gelungene Flucht war mehr als recht und billig. Er schloß Pater Engelbertus in sein Gebet mit ein, denn bei seinem überstürzten Aufbruch hatte er ihm nicht ausreichend seine Dankbarkeit bekundet. Was dieser für ihn gewagt hatte, ging weit über die Aufgabe eines geistlichen Hirten hinaus. Er hatte in ihm einen Vertrauten gefunden, der dem Knecht auch gegenüber höher Gestellten die Treue gehalten hatte. So kniete der Knecht für sein Dankgebet wenige Schritte neben dem Bauern nieder und senkte den Kopf so weit wie möglich. Der Bauer würdigte ihn keines Blickes, warf eine Münze in den Opferstock und machte sich weiter auf seinen Weg. Josef bezwang sich, ihm nicht hinterher zu schauen. Stattdessen hatte er jetzt die Gelegenheit, unauffällig die Gebäudeanlage näher zu betrachten. Vor ihm befand sich eine Steinfigur, der ein Hund das rechte Bein leckte. Merkwürdige Beulen und Ausschläge bedeckten die Haut der Figur. Das mußte der heilige

Lazarus sein. Im Stillen betete Josef zu diesem Heiligen: »Oh heiliger Lazarus, ich weiß, du bist für mich nicht zuständig, aber nimm dich meiner an!« Josef blieb weiter knien, auch um seine Gedanken zu sortieren. Neben der kleinen Kapelle mit ihrer Heiligenfigur und dem Opferstock befanden sich auf beiden Seiten mehrere kleinere Gebäude, weiter hinten war ein größeres Haus, das mußte so etwas wie die Küche sein. Das Ganze war umgeben von einer kleinen Mauer, die nur an der Kapelle unterbrochen war, um die Gläubigen an die Heiligenfigur und den Opferstock zu lassen.

Josef schaute nach rechts und links, aber die Kölnstraße blieb ruhig. In diesem Augenblick trat aus dem größeren Gebäude ein gut genährter Mann und kam rasch näher. Nach seiner Kleidung mußte er ein Pater sein, zumindest war er kein Aussätziger, denn die hatten einen Mantel, einen Stock und eine Klapper zu tragen.

Josef hüpfte das Herz vor freudiger Erregung: Lazarus hatte sein Gebet erhört, das mußte Pater Sebastian sein! Als der Pater näher kam, nahm Josef seinen ganzen Mut zusammen und sprach ihn an: »Pater Sebastian, Pater Engelbertus schickt mich, ich brauche Eure Hilfe!«

Der Pater sah ihn irritiert an, winkte ihm dann aber, mitzukommen und ging in das größere Gebäude zurück, das eine große Küche mit einer Unzahl von Vorratskammern war. In eine dieser Kammern gebot ihm der Pater dann einzutreten. Sie war bescheiden mit einem Tisch, einer Bank, einem Hocker eingerichtet; in einer Ecke war ein Lager zu erkennen. Der

Pater bedeutete ihm, sich auf die Bank zu setzen.

»So, mein Sohn, Bruder Engelbertus schickt dich also. Woher soll ich wissen, daß du die Wahrheit sagst? Es gibt viele Gestalten, die bei Lazarus Unterschlupf suchen.« Der Pater schwieg, und Josef sah ihn sich näher an. Über einem fülligen Leib trohnte ein rundliches, freundliches Gesicht mit sehr hellen, wachen Augen.

Josef beschloß, dem Rat von Pater Engelbertus zu folgen und zog den Ring aus seinem Beutel. »Pater Sebastian, ich bin ein einfacher Knecht aus Endenich und brauche Eure Hilfe. Pater Engelbertus schickt mich zu Euch und sagte, Euch könne ich trauen.«

Der Pater schaute erst den Siegelring und dann Josef überrascht an. »Nun, wer du auch immer bist, wenn mein Bruder Engelbertus den Siegelring schickt, so helfe ich dir gerne mit allen unseren Möglichkeiten.«

Jetzt brachen aus Josef alle Ereignisse der letzten Tage heraus, und er erzählte all die ungeheuerlichen Erlebnisse, die sein Fassungsvermögen eigentlich überforderten. Zum Schluß seines Berichtes begann er hemmungslos zu weinen. Völlig hilflos fühlt er sich von seinen Gefühlen überrannt und gleichzeitig ungeheuer erleichtert, das Ganze endlich einmal erzählen zu können. Das Schweigegebot, das der Endenicher Pfarrer ihm auferlegt hatte, konnte sich ja nicht auf seinen geistlichen Freund beziehen; zudem mußte dieser eingeweiht sein, um über seine Aufnahme im Siechenhaus vorbehaltlos entscheiden zu können. Der Pater hatte ihm freundlich aufmunternd die ganze Zeit zugehört und nur durch kurze Fragen den Monolog von Josef unterbrochen.

Nach einer Pause, in der Josef etwas zur Ruhe kam, sagte Pater Sebastian mit ruhiger Stimme. »Mein Sohn, ich spüre, nein, ich weiß, daß du die Wahrheit sagst. Sei beruhigt, du stehst unter meinem Schutz, hier wird dich keiner suchen.«

Auf der Josefshöhe

Pater Sebastian begleitete Josef zu einer kleinen Hütte am Rande des ummauerten Gebietes.

»Hier wirst du jetzt für eine Weile wohnen.«

Die Hütte war klein, aber sauber und praktisch eingerichtet. Es gab eine Schlafstelle mit frischem Stroh, in der Ecke eine Feuerstelle, daneben eine Bank und einen kleinen Tisch, auf dem ein Tonkrug stand. Josef schaute sich gründlich um und wunderte sich.

»Was ist das für ein Haus?«

»Wir müssen immer bereit sein, jemanden hier aufzunehmen, der des Aussatzes verdächtigt wird«, erklärte Pater Sebastian. »Aber wir müssen dafür sorgen, daß er nicht auf unsere Insassen trifft. Damit es nicht passiert, daß ein Gesunder sich hier mit dem Aussatz ansteckt.«

Jetzt verstand Josef viel besser, was Pater Engelbertus ihm in der Nacht erklärt hatte, und seine Ängste wurden geringer. »Was muß ich tun?«

»Eigentlich nichts. Aber du darfst diese Hütte nicht verlassen, bis ich heute abend wieder zu dir

Nach einer Pause, in der Josef etwas zur Ruhe kam, sagte Pater Sebastian mit ruhiger Stimme. »Mein Sohn, ich spüre, nein, ich weiß, daß du die Wahrheit sagst. Sei beruhigt, du stehst unter meinem Schutz, hier wird dich keiner suchen kommen. Dann erzähle ich dir auch mehr über unsere Bruderschaft, wenn du möchtest. Deine Nahrung wird man dir vor die Tür stellen. Und nun: Gott befohlen.«

Mit diesen Worten ging Pater Sebastian. Josef trank einen tüchtigen Schluck Wasser aus dem Krug. Er merkte, daß die nächtliche Reise ihn sehr müde gemacht hatte, er ließ sich auf sein Strohlager fallen und schlief sofort fest ein.

Glockenläuten weckte ihn nach einigen Stunden auf. Durch das kleine Fenster drang helles Sonnenlicht, es mußte bereits Mittag sein ... Josef stand auf, weil er ein dringendes Bedürfnis verspürte. Dafür durfte er seine Hütte wohl verlassen? Als er die Tür öffnete, fand er davor einen Krug und einen Korb mit Essen jawohl, Hunger hatte er auch, und wie! Er verrichtete seine Notdurft in einer Ecke, nahm Krug und Korb mit ins Haus und packte ihn aus: Brot und Käse waren darin. Käse köstlich! Das war ein Festschmaus, denn den gab es auf dem Propsthof nur zu ganz besonderen Ereignissen, etwa nach abgeschlossener Ernte. Tief sog Josef den Duft von Brot und Käse ein, bevor er ein kurzes Dankgebet sprach und sich über die Köstlichkeiten hermachte. Der Krug enthielt verdünnten Wein, der seinen Durst gut löschte. Jetzt fühlte er sich erquickt und konnte in Ruhe aus dem kleinen Fenster seiner Hütte schauen, um seine neue Umgebung kennenzulernen.

In einem Küchengarten arbeiteten einige Gestalten. Das mußten Aussätzige sein, denn sie trugen die vorgeschriebenen grauen Mäntel und hatten eine Holzklapper an ihrem Gürtel. Ihre Köpfe wurden durch Kapuzen verdeckt. Neugierig steckte Josef seinen Kopf aus dem Fenster heraus. In diesem Moment drehte sich eine der grauen Gestalten um und blickte Josef direkt ins Gesicht. Entsetzt prallte der zurück. Das Gesicht war übersät von knolligen Auftreibungen, und wo ein Christenmensch normalerweise seine Nase hatte, waren nur noch tiefe Löcher zu sehen. Eilig bekreuzigte er sich. Mein Gott, wie hatten diese Menschen wohl gesündigt, um derart gestraft zu werden? Entsetzt und nachdenklich ließ er sich auf sein Strohlager fallen.

Nach der Vesper bekam er wieder Besuch von Pater Sebastian. Beide setzten sich auf die Bank und sprachen dem verdünnten Wein zu. Josef fühlte sich wohl aufgehoben: keine schwere Arbeit, aber jederzeit gutes Essen und Trinken! So ließ es sich angenehm leben, trotz der schlimmen Lage, in der er sich befand.

»Pater Sebastian, Ihr seid gütig und großzügig zu mir, und ich danke Euch von Herzen. Womit habe ich das verdient?«

»Das ist nicht dein Verdienst. Das ist unsere Aufgabe.«

»Wieso?«

»Unser Orden hat sich verpflichtet, den Aussätzigen beizustehen. Sie sind elende Kreaturen, ausgestoßen aus der Gemeinschaft, und unsere heilige Mutter Kirche erklärt sie zu rechtlosen Toten, auch wenn sie noch leben und durchaus sinnvolle Arbeit tun können, wie du ja sehen kannst.«

Josef nickte. Er dachte an die Siechen, die er bei der Gartenarbeit beobachtet hatte.

»Der Aussatz ist aus fremden Ländern zu uns gekommen«, fuhr der Pater fort. »Vielleicht haben die römischen Soldaten ihn schon mitgebracht, aber ganz schlimm wurde es, als unsere Leute von den Kreuzzügen zurückkamen. Alle hatten Angst angesichts dieser entstellten, beulenübersäten Menschen mit den abfaulenden Gliedern, und so wurden sie verbannt, konnten keinem rechtschaffenen Broterwerb nachgehen und waren auf die Mildtätigkeit ihrer Mitmenschen angewiesen.«

»Das kann ich verstehen«, warf Josef ein. »Wir fürchten doch alle, daß dieser Fluch auch über uns kommt.«

»Wir wissen natürlich nichts Genaues, aber offensichtlich geht das nicht so schnell mit der Ansteckung. Wir haben hier Ehefrauen, die ihren Männern aus Liebe und Treue ins Siechenhaus gefolgt sind, und die nach Jahren noch gesund sind. Wie auch immer«, das Gesicht des Paters verdüsterte sich, »die Menschen mögen schwer gesündigt haben, und unser Herr hat sie mit der Krankheit bestraft. Trotzdem glauben wir, daß wir sie als gute Christenmenschen nicht allein ihrem Elend überlassen dürfen. Deshalb hat unsere Bruderschaft Häuser vor den Toren der Stadt für sie eingerichtet. Hier können sie, solange es geht, leben und für ihr Brot arbeiten. Außerdem gibt es für unsere Bruderschaft Spenden von Reisenden, und der

Siechennachen in Rheindorf bringt uns Gaben von den Rheinschiffern.«

»Warum tun die das alles?« wollte Josef wissen.

»Hast du nicht aufgepaßt bei der Predigt? Wohltätigkeit ist Christenpflicht und bringt uns dem Himmelreich näher!«

Josef, der arme, einfache Knecht, war nie in der Lage gewesen, sich auf diese Weise einen Platz im Himmel zu verschaffen. Die Welt war nicht gerecht, wie er lernen mußte, denn wohlhabende Aussätzige werden von ihren Familien mit Pfründen versorgt, und mildtätige Bürger vermachen dem Orden Grundstücke«, konnte Pater Sebastian berichten. »Und so geht es diesen geschlagenen Kreaturen jetzt deutlich besser als früher. Schlimm ist es nur noch für die vielen heimatlosen Aussätzigen, die keine sorgende Gemeinde oder Stadt haben. Die dürfen wir hier nicht aufnehmen, sondern ihnen höchstens für drei Tage Unterkunft und Verpflegung bieten, dann müssen sie weiterziehen. Der Siechenmeister von Melaten in Köln stellt ihnen einen Siechenbrief aus, der bestätigt, daß sie vom Aussatz befallen sind. In Melaten werden die Aussätzigen auch untersucht, und erst dann, wenn sie diesen Siechenbrief haben, dürfen wir die Bonner Bürger hier aufnehmen.«

Josef hörte aufmerksam zu. »Und wieso seid Ihr hier, Pater Sebastian? Ihr seid doch kein Aussätziger?«

Pater Sebastian lachte kurz auf. Josef glaubte, einen bitteren Unterton zu vernehmen. »Josef, ich habe schwer gesündigt und versuche, hier Buße zu tun. Ich lebe schon seit fast zehn Jahren hier, und wie du siehst, bin ich kerngesund. So ansteckend kann der Aussatz also nicht sein. Aber nun zu dir. Was fangen wir mit dir an? Du kannst ja nicht die nächsten Monate in dieser Hütte verbringen und vor dich hinstarren. Ich denke, du solltest uns bei der Gartenarbeit helfen, und dafür werden wir dich einkleiden wie einen Aussätzigen.«

Josef atmete tief durch. Zwar hatte der Pater ihm die ärgsten Ängste genommen, aber ganz wohl war ihm trotzdem nicht. Der Pater schien das nicht zu bemerken.

»Hier ist ein Mantel für dich. Du befestigst die Klapper an deinem Gürtel und mußt, wenn andere in der Nähe sind, stets Handschuhe tragen. Du darfst in Gegenwart von anderen auch nie mit den Händen auf etwas zeigen, sondern immer nur mit diesem Stab! Und wenn du mit jemandem sprichst, dann nie mit dem Wind, damit die Ansteckung nicht zu deinem Gegenüber fliegen kann.

Nun werde ich dir zeigen, wo du morgen früh deine Arbeit aufnehmen kannst. Ich versuche, dir«, der Pater lächelte verständnisvoll, »einen Platz zuzuweisen, wo du möglichst weit entfernt bist von den wirklichen Aussätzigen.«

Damit war Josef in das Siechenhaus aufgenommen.

Der Schellenknecht

Nur ungern hielt Josef sich in seinem Versteck auf, er kam sich vor wie von zu Hause verbannt. Das beste Heilmittel gegen sein Heimweh und seinen Kummer war immer schon harte Arbeit gewesen. An die war er gewöhnt, und die gab es auch im Siechenhaus in Hülle und Fülle. So konnte er sich wenigstens für seine Aufnahme dankbar erweisen und wurde zugleich von seinem Schicksal abgelenkt.

Früh am Morgen wurde er von den Glocken der kleinen Kapelle geweckt. Dann erhob er sich aus dem Stroh und kniete neben seinem Lager, um eine kleine Andacht zu halten, denn er traute sich nicht, mit den wirklich Aussätzigen die Messe zu feiern. Obwohl war er vielleicht zu zaghaft? Pater Sebastian lebte schon seit Jahren hier und war auch noch gesund! Manchmal schämte er sich seiner Angst und wünschte, er hätte mehr Gottvertrauen.

Nach einer Morgenmahlzeit, die er zuverlässig im Fenster vorfand und die ihm jeden Tag gut mundete, machte er sich dann daran, seinen Pflichten nachzukommen.

Pater Sebastian hatte ihm eine entlegene Ecke des Grundstückes zugewiesen: »Josef, hier wollen wir im nächsten Frühjahr neue Beete anlegen. Unsere Siechen haben die Bäume schon gefällt, aber sie sind nicht kräftig genug, die Wurzelstöcke herauszureißen. Dafür braucht es einen starken Mann. Und die wenigen Gesunden, die hier leben, müssen andere Aufgaben erfüllen. So scheint uns der Himmel einen so wackeren, jungen Knecht wie dich geschickt zu haben. Traust du dir das alleine zu?«

Josef hatte über das Ödland geblickt, in dem es nicht nur die Stümpfe von Birken gab, die einst hier gestanden hatten, sondern auch dichtes

Brombeergestrüpp. Der Boden war durch die lange Dürre trocken und hart geworden.

»Das ist die rechte Arbeit für einen gesunden Mann, Pater. So etwas bin ich gewöhnt, und ich freue mich, daß ich meine Dankesschuld bei Euch abarbeiten kann.«

»Brav gesprochen. Falls es gegen Mittag zu heiß wird, geh in deine Hütte. Wir sind nicht an feste Zeiten gebunden, lediglich an das Tageslicht. Unsere Siechen leisten auch nur so viel, wie es in ihren Kräften steht. Teile dir also die Arbeit nach deinem Ermessen ein, so fällst du auch bei uns nicht auf. Und überfordere dich nicht am ersten Tag. Ich glaube, du wirst wohl noch eine geraume Zeit bei uns bleiben müssen.«

Und so mühte der Knecht sich tagein, tagaus mit den Wurzeln ab, die der harte Boden nur ungern freigab. Hacke und Spaten wollten ihm oft genug aus den verschwitzten Händen gleiten, aber er hielt tapfer durch, ertrug Schwielen und Blasen und auch die Dornen, die in seine Hände und Arme stachen, als er dem Brombeergestrüpp zu Leibe rückte. Mit einem der starken Pferde vom Propsthof wäre er sicher schneller fertig geworden, aber dieses Haus war zu arm für Arbeitstiere. Er wollte auch nicht undankbar sein und klagen, sondern dieses Los wacker tragen. Mittags zog er sich in seine Hütte zurück, griff gierig nach einem Krug angenehm kühlen Wassers und döste im Stroh vor sich hin, bis es kühl genug war, wieder an die Arbeit zu gehen. Mit dem Vesperläuten legte er seine Gerätschaften nieder und freute sich an dem wachsenden Haufen von Wurzeln und Gestrüpp, den er bald mit einem Freudenfeuer verbrennen würde. Langsam sah er, daß die Rodung unter seinen Händen Gestalt annahm. Nach seinem Tagewerk ließ er sich in der Hütte sein Mahl schmecken, bevor er müde auf sein Lager sank und bald darauf in einen tiefen, traumlosen Schlaf fiel.

Da er sich nicht traute, den Siechen zu nahe zu kommen, war Pater Sebastian in dieser Zeit sein einziger Gesprächspartner. Er freute sich immer auf die kurze Zeit des Tages, wenn dieser in seine Hütte trat. Pater Sebastian war sehr bemüht um seinen Schützling.

»Du leistest gute Arbeit, für die ich dir danke. Ist sie nicht zu hart für einen einzigen Mann?«

»Es kann gar nicht hart genug sein, Pater. Dann denke ich wenigstens nicht nach.«

Der Pater betrachtete ihn nachdenklich. »Ist es so schlimm?«

»Ich bin auf der Flucht; man trachtet mir nach dem Leben; ich weiß nichts von meinem Liebchen das ist alles ein bißchen zu viel für mich«, sagte Josef. »Und da bin ich froh, daß ich abends so müde bin, daß mich kein Nachtmahr heimsucht.«

Seine Sehnsucht nach der Außenwelt wurde anders erfüllt, als Josef es sich vorgestellt hatte. Eine neue Aufgabe harrte seiner. Wieder einmal erschien Pater Sebastian in seiner Hütte.

»Josef, ich glaube, ich habe eine Arbeit für dich, bei der deine armen Knochen sich ein bißchen von der Schinderei erholen können.«

»Ich bin noch nicht ganz fertig mit dem Roden«, entgegnete Josef.

»Das macht nichts. Unser Schellenknecht ist krank. Du könntest seine Arbeit übernehmen, weil unsere Siechen das nicht tun dürfen.« Mittlerweile hatte Josef aus den Gesprächen alles erfahren, was es über das Leben im Siechenhaus zu wissen gab. So kannte er auch die Aufgabe des Schellenknechts, der für die Siechen in der Gegend um Almosen bettelte.

Josef erschrak. »Wird man mich nicht erkennen?«

»Ich glaube nicht. Du hast ungefähr seine Größe, und da der Schellenknecht sein Gesicht verdecken muß, kann dich auch keiner erkennen. Nur sagen darfst du nichts, denn der Weinhold ist stumm! Morgen ziehst du seinen Weg durch Graurheindorf.«

So machte Josef sich am nächsten Morgen in aller Frühe auf in Richtung Rhein. Der Pater hatte ihn mit einer Bettelbüchse für Münzen, einem Holzkasten für Essensspenden und einer Holzklapper ausgestattet und ihm genau den Weg beschrieben, den er zurücklegen sollte: »An diesen Weg mußt du dich ganz genau halten! Und denk dran kein einziges Wort darf über deine Lippen kommen!«

Nachdem er die ersten Häuser erreicht hatte, stieß er auf eine offensichtlich uralte Straße, die am Rhein entlang zur rechten nach Bonn und zur linken in das Dorf Graurheindorf führte. Mit mutigen Schritten und lautem Klappern ging er durch die einfache Straße mit den kleinen Häusern und Hütten, die ihn sehr an Endenich erinnerten. Zu seinem Erstaunen beachteten die Leute ihn kaum, aber manche steckten ihm doch ein Stück Brot oder eine Feldfrucht in seinen Holzkasten. So wanderte er die Straße nach

Rheindorf hinauf und stieß dabei auf einen großen Bachlauf. War das wohl der Dransdorfer Bach? Dann mußte auch das Wasser des Endenicher Baches in ihm fließen. Dieser Gedanke ließ ein Gefühl von Heimweh in ihm aufkommen. Josef wollte gerade die große Brücke betreten, die den Bach überquerte, als er rechts den Rhein erblickte. Dort waren einige Treidler damit beschäftigt, ihre Pferde durch den Bach zu treiben. Hier wurde ein großes Schiff an langen Leinen den Rhein stromaufwärts gezogen! Das mußte er sich genau ansehen. Als er näher trat, wurde er von einem alten Mann angesprochen, der auf einem Stein hockte und den Bemühungen der Treidler mit stillem Vergnügen zuschaute.

»Na, bist du jetzt unterwegs, weil der Weinhold krank ist?« fragte er unverblümt. »Brauchst mir aber nicht zu sagen, wer du bist. Aber du hast einen ganz anderen Gang. Wenn man so viel alleine ist wie ich, beobachtet man die Leute mehr, also wundere dich nicht. Ich bin Walther, der Siechennachenmann.«

»Gott zum Gruße«, antwortete Josef mit belegter Stimme. Da war er also schon auf seiner ersten Wanderung dumm aufgefallen und hatte sich auch noch verplappert! Was würde Pater Sebastian dazu sagen?

Walther schenkte ihm keine sonderliche Beachtung, sondern redete munter weiter. »Diese geizigen Treidler hätten ja meinen Nachen nehmen können, um über den Bach zu kommen ich hätte ihnen das Seil schon auf die andere Seite gebracht und dort festgemacht. Dann hätten sie in aller Ruhe ihre Gäule über die Brücke treiben können. Aber nein! Die Kerle sind ja soo sparsam und wollen die Spende für den

Siechennachen nicht bezahlen. Sollen sie doch sehen, was sie davon haben! Lazarus wird sie strafen!« Der alte Mann wirkte richtig erbost.

In diesem Augenblick drohte eines der Treidel-pferde im Schlick des Baches auszurutschen und scheute. Da konnte der Pferdeknecht Josef nicht still zuschauen. Rasch sprang er in den Bach, ergriff mit si-cherer Hand die Zügel des Pferdes, streichelte seinen Hals und redete mit leiser, beruhigender Stimme auf das verängstigte Tier ein.

Der Treidler staunte. »Vielen Dank, mein Freund! Wo hast du wohl gelernt, so gut mit Pferden umzuge-hen? Ist ja auch egal, ist nicht meine Sache. Aber hier ist etwas für dich«, und damit drückte er dem ver-blüfften Josef einige Münzen in die Hand. Dieser ging nun zurück zu Walther, der immer noch gemütlich auf seinem Stein saß und die Szene mit Belustigung verfolgt hatte.

»Was sage ich dir: Lazarus hat uns geholfen! Was hat er dir gegeben? Zeig mal!«

Josef zeigte ihm seinen Verdienst und steckte ihn dann sofort in seine Bettelbüchse.

»Dummkopf!« schalte der Alte ihn. »Du mußt al-les Geld abgeben, ich nur die Hälfte. Wir hätten uns das Geschäft doch teilen können!« Mit diesen unwir-schen Worten wandte er sich ab.

Unredlichkeit war nicht seine Sache; dennoch ärgerte Josef sich über seinen eigenen Leichtsinn. Kaum war er in Freiheit, schon setzte er seine wert-volle Tarnung aufs Spiel, weil er nicht aus seiner Haut als tüchtiger Knecht herauskam. Die Aufgabe war doch schwerer zu erfüllen, als er gedacht hatte. Er setzte nun seinen Weg fort und ging endlich über die Brücke zum anderen Teil von Graurheindorf. Hier erblickte er bald auf der rechten Seite das Kloster der Zisterzienserinnen. Einige grau gekleidete Nonnen jäteten Unkraut in ihrem ummauerten Garten. Er erinnerte sich jetzt dankbar an die Erzählungen seiner Mutter, daß die Nonnen im grauen Habit dem Ort seinen Namen gegeben hatten, während die Benediktinerinnen in ihren schwarzen Kutten auf der anderen Seite des Flusses den Namen Schwarzrheindorf geprägt hatten. So konnte man sich die Ortsnamen einprägen, ohne die Orte selbst zu kennen.

Auf seiner Wanderung sammelte Josef viel mehr Lebensmittel ein, als er erwartet hatte. So konnten also auch die armen Leute etwas für ihr Seelenheil tun! Er hielt sich nun nach links und ging auf die Wasserburg zu, die Pater Sebastian ihm besonders ans Herz gelegt hatte. Die Burg war ein Hof des Cassius-Stiftes, die man einem Adeligen zu Lehen gegeben hatte. Offensichtlich hatte dieser Mensch es sehr nötig, seine unsterbliche Seele vor der ewigen Verdammnis zu retten, denn er spendete großzügig. Nicht nur der Holzkasten füllte sich; auch die Bettelbüchse klimperte verheißungsvoll. Josef ging nun weiter über Hersel und Buschdorf und kehrte dann am späten Nachmittag zur Höhe zurück. Es war ein langer Marsch gewesen bei dieser drückenden Hitze, aber wenigstens war er vorsichtig genug gewesen, daß ihm kein weiterer Fehler unterlaufen war. Schnell lieferte er seine Spenden in der Küche ab, wo sie mit großer Freude entgegengenommen wurden. Er freute sich darauf, zu seiner Hütte zurückzukehren und dort seine schwere Kutte auszuziehen, unter der er den ganzen Tag lang entsetzlich geschwitzt hatte.

Nach dem Vespergebet bekam er wieder Besuch von Pater Sebastian, der ihm auch seine Abendmahlzeit mitbrachte.

»Hier, ein gutes Stück Käse zum Brot. Du hast heute so erfolgreich für uns gesammelt, da hast du es dir redlich verdient.«

Dankbar ergriff Josef sein Mahl und fing gleich an zu kauen. »Und wie geht es nun weiter?« wollte er wissen.

»Eigentlich müßtest du morgen in Dransdorf, Endenich und Duisdorf für uns sammeln. Aber ich glaube, das sollten wir nicht riskieren. Man könnte dich erkennen. Also wirst du morgen wieder im Ödland arbeiten. Vielleicht ist der alte Weinhold auch bald wieder gesund. Darben müssen wir aber nicht, da du so viel erbettelt hast.«

Jetzt berichtete Josef von seinem Erlebnis mit Walther, dem Siechennachen und den Treidelpferden.

Pater Sebastian schaute ihn streng an. »Du wirst in Zukunft vorsichtiger sein müssen, wenn dir dein Leben lieb ist! Aber ich denke, daß ist dir selbst schon klar geworden. Dennoch wirst du übermorgen die Wanderung nach Bonn antreten. Hoffentlich hast du deine Lektion gelernt.«

Und so machte sich Josef zwei Tage später mit gemischten Gefühlen auf den Weg nach Bonn. Würde er womöglich seine Helene sehen? War seine Verkleidung als Schellenknecht gut genug? Hoffentlich dachte er stets daran, daß er nicht reden durfte!

Mit diesen Gedanken marschierte er auf der Kölner Straße in Richtung Stadt, zog an St. Petrus im Dörfchen Dietkirchen vorbei, passierte das Johanneskreuz und sah endlich das große Kölntor vor sich liegen. Das wuchtige Tor mit seinen zwei gewaltigen Türmen war eines der mächtigsten Bollwerke der Stadt, und Josef fühlte sich beklommen, als er es passierte.

»Halt! Für Sieche gibt es keinen Einlaß in die Stadt!!!« donnerte es aus einer Ecke des Stadttores. Josef zuckte erschrocken zusammen und schaffte es nur mit Mühe, scheinbar ruhig stehen zu bleiben. Ein bärbeißiger Stadtsoldat kam mit grimmiger Miene auf ihn zu. Josef wich langsam zurück und nestelte das Schriftstück aus seinem Umhang, das Pater Sebastian ihm für diesen Zweck mitgegeben hatte.

Aus der gegenüberliegenden Seite des Tores ertönte eine heitere Stimme. »Michael, blamier dich nicht! Das ist doch der Schellenknecht von der Josefshöhe, kein Aussätziger! Da auf dem Papier könntest du lesen, daß die Stadt Bonn ihm das Betteln hier erlaubt, wenn du lesen könntest! Aber das Siegel des Lazarus kennst du doch, oder? Schau es dir an und laß ihn durch!«

Mit einem knappen Nicken wurde Josef durch das Stadttor geschickt. »Aber denk dran: Nicht öfter als alle zwei Wochen betteln kommen!« tönte die helle Stimme noch einmal hinter ihm her. »Und daß du ja nicht vom vorgeschriebenen Weg abweichst, sonst ergeht es dir übel!« Das Gelächter der Stadtsoldaten verfolgte ihn, als er nun rasch durch Kölnstraße und Bonngasse in Richtung Markt ging. Jetzt besann er sich auf seine Aufgabe und betätigte schwungvoll seine Klapper. Bald entdeckte er, daß die Leute aufmerksamer wurden, wenn er die Klapper in verschiedenen Rhythmen schlug ob der echte Schellenmann das auch so machte? Egal sein Klapperkonzert brachte ihm guten Gewinn in Büchse und Kasten, denn den Bonnern schien sein Auftritt zu gefallen.

In der Judengasse links vor dem Markt schien es weniger Leben zu geben als auf den anderen Straßen. Josef bekreuzigte sich schnell: Seine Mutter hatte ihm und seinen Geschwistern einmal erzählt, daß die Bonner nach der Pest vor einigen Jahren die Juden ihrer Stadt umgebracht hatten, weil sie sicher waren, daß sie diese Geißel Gottes in die Stadt gebracht hätten. Es war schon auffallend, daß die Juden ihr tägliches Wasser nicht aus den Brunnen holten, sondern nur aus fließendem Wasser schöpften. Vielleicht hatten sie tatsächlich alle Brunnen der Stadt vergiftet? Josef schüttelte sich heimlich. Über solche schrecklichen Dinge wollte er nicht länger nachdenken.

Endlich war er beim Markt angelangt und freute sich an dem bunten Treiben. Fischer und Fleischverkäufer hatten ihre Stände in der einen Ecke des Platzes aufgebaut, die Garnhändler und Tuchverkäufer waren auf der anderen Seite zu finden. Dazwischen boten die Bauern aus der Umgebung Früchte ihrer Arbeit an. Neugierig schaute Josef sich um, bis sein Blick auf die Marktbrücke fiel und da kam sie, seine Helene, mit einem Korb am Arm, hübsch wie eh und je, aber ein bißchen bleich. Sein Herz machte einen Sprung. Und dann traf ihn die schmerzliche Erkenntnis, daß er sich ihr nicht zu erkennen geben durfte! So hatte er Glück im Unglück bei seinem ersten Gang in die Stadt. Aber wenigstens lebte sie und ging weiter ihrer gewohnten Arbeit nach. Ein Blick auf ihr liebes Gesicht mußte ihm genügen, aber anstarren durfte er sie nicht, denn sonst wäre sie vielleicht auf ihn aufmerksam geworden. Und so schwer es ihm auch fiel, er mußte ihr ganz schnell aus dem Weg gehen, um nicht erkannt zu werden. Er hatte aus den Fehlern des vergangenen Marsches gelernt. Die Stadt war zudem ein noch gefährlicheres Pflaster als die Dörfer im Umland. Um Leni zu schützen, mußte er besonders vorsichtig sein.

Abrupt drehte er sich um und schwang laut und rhythmisch seine Klapper. Von den Ständen ertönte zustimmendes Gelächter. Helene blickte auch kurz in seine Richtung, stutzte, ging dann aber kopfschüttelnd weiter.

»Ach, mein Mädchen!« Ein stiller Stoßseufzer, dann ging er wieder an seine Arbeit und zog, unter lautem Geklapper, durch die Brüdergasse, an der Niederlassung der Minoriten vorbei auf den Belderberg, um über die Liliengasse zum Heisterbacher Hof zu gelangen. Dort jedoch wurde er gar nicht erst eingelassen; die Hunde verscheuchten ihn. Unbarmherziges Pack, dachte er verärgert. Der Himmel soll euch für euren Geiz bestrafen! Bei den Augustinerinnen im Kloster Engelthal hatte er mehr Glück, die schenkten seinem Geklapper Gehör und gaben ihm reichlich.

Doch dann, in der Sandkaule, gefror ihm das Blut in den Adern: der Stiftsherr Georg kam ihm entgegen! War sein Gesicht gut genug bedeckt? Schnell drehte Josef den Kopf zur Seite; der Stiftsherr jedoch blieb stehen und musterte ihn kritisch. Jetzt nur nicht den Kopf verlieren! Bleib ganz ruhig und verhalte dich unauffällig, sprach er sich selber Mut zu, auch wenn er glaubte, sein laut klopfendes Herz müsse ihn verraten. Beherzt fing er wieder an zu klappern und wagte es sogar, dem Stiftsherrn seine Bettelbüchse hinzuhalten. Der sprang einen Schritt zurück, aber Josef konnte noch seinen entgeisterten Gesichtsausdruck bemerken. »Das darf doch nicht wahr sein!« murmelte Georg von Buschhoven und bekreuzigte sich.

Trotzdem steckte er einige Münzen in Josefs Büchse, drehte sich abrupt um und verschwand kopfschüttelnd.

Josef atmete tief durch. Das war noch einmal gut gegangen! In der Kesselgasse nahm er erst einmal einen guten Schluck Wasser aus seinem Trinkbeutel. So gestärkt verließ er die Stadt und machte sich auf den Weg zurück in sein sicheres Versteck. Er hatte heute gleich zwei Bewährungsproben von Gott gesandt bekommen und beide überstanden. Im stillen betete er um die Genesung des alten Schellenknechts. Lieber noch dreimal so viel alleine roden als eine solche Tour durch diese gefährliche Stadt zu ziehen. Mit Gottes Gnade hatte er alles heil überstanden, und als das Siechenhaus in Sicht kam, hatte er das erste Mal das Gefühl, nach Hause zu kommen.

Walburga

Helenes Welt lag in Trümmern. Josef war verschwunden, und das schon seit mehr als vier

Wochen. Keine Nachricht, kein Lebenszeichen – als ob er sich einfach in Luft aufgelöst hätte.

Dieser Schuft. Erst flüsterte er ihr köstliche Liebesworte ins Ohr, umgarnte sie, um sie gefügig zu machen, und dann, als er sein Ziel erreicht hatte, tauchte er einfach nicht mehr auf. Männer waren eben doch Mistkerle, die immer nur das Eine wollten und denen man nicht über den Weg trauen durfte. Sie hatte ihre Unschuld einem Unwürdigen geopfert! Dabei war sie im Umgang mit Menschen stets vorsichtig, vertraute keinem wegen seiner schönen Augen. Daß ausgerechnet ihr so etwas passieren mußte, machte Helene wütend und traurig zugleich. Gewiß, Josef mochte ein Schuft sein, aber sie hatte ihn geliebt, und nun hatte er ihre Liebe so schändlich verraten. Das sagte ihr Kopf. Ihr Herz flüsterte eine andere Weise. Was, wenn Josef einfach nicht zu ihr kommen konnte?

Es hatte Ereignisse gegeben, in die Josef verwickelt war. Erst der Mord auf der Stadtmauer, dann die Reiherjagd auf dem Propsthof. Die Bonner Gerüchteküche brodelte über die dortigen Vorkommnisse. So war es Leni zu Ohren gekommen, daß es nicht nur eine erfolgreiche Jagd für die hohen Herren gegeben hatte, die mit einem rauschenden Gelage auf dem Propsthof beendet worden war. Bier und Wein waren nur so in Strömen geflossen, die Tische hatten sich unter Gesottenem und Gebratenem schier gebogen, und bis spät in die Nacht hatten die Herrschaften gezecht. Bestimmt fiel für die Dienerschaft auch ein guter Bissen ab, und vielleicht war der eine oder andere Knecht mit einer Bonner

Küchenhilfe im Stroh gelandet? Aber sie wollte nicht glauben, daß Josef auf eine fremde Magd hereingefallen war. Vielmehr klammerte sie sich an das andere Gerücht, das ihr zu Ohren gekommen war: An diesem Tag war ein Knecht aus Endenich spurlos verschwunden. Das konnte doch nur ihr Josef sein, und das würde erklären, warum er sich nicht bei ihr einfand. In was für einer schlimmen Lage mochte er nun wieder stecken? Vielleicht war ihm ja auch etwas zugestoßen? Für hohe Herren wurde dann eine große Suche veranstaltet, aber Knechte gab es genug, da mußte man solch einen Aufwand gar nicht erst betreiben. Ihr krankes Herz klammerte sich an die Hoffnung, daß Josef ohne eigene Schuld verschwunden war. Aber wenn das stimmte, was mußte geschehen sein, und vor allem: Wo war er denn jetzt? Würde ihm jemand Zuflucht gewähren, oder lag er verletzt irgendwo als Jagdopfer? Vielleicht hatte er sich auch als Ausgestoßener in die Wälder des Siebengebirges geschlagen? Diese Ungewißheit war das Schlimmste. Fragen konnte sie keinen, und selbst wenn sie gewußt hätte, wen: So forsch wie sie sonst war, hätte sie sich in diesem Fall doch nicht getraut. Gequält von den vielen Fragen, auf die sie keine Antwort wußte, lebte sie nun ein freudloses Leben. Die geliebte Arbeit lenkte sie auch nicht ab; sie verrichtete alles nur noch mechanisch. Aus der fröhlichen Leni von einst war eine stille, oft übelgelaunte junge Frau geworden.

Die einzige, die sie noch gerne um sich hatte, war ihre Freundin Anna, aber auch ihr mochte sie nichts von ihrem großen Kummer erzählen. Anna berichtete ihr immer brühwarm vom neuesten Tratsch aus der Stadt. Das brachte Helene etwas Abwechslung in ihren eintönigen Alltag und lenkte sie für kurze Zeit von ihrer Grübelei ab. So gab es zum Beispiel die Geschichte mit dem Mord. Die Mägde erinnerten sich noch immer mit Entsetzen an die Leichenbergung im Ychpohl. Es hatte sich herausgestellt, daß es sich tatsächlich um den jungen Alexander Obesitas gehandelt hatte, den Sohn des Bürgermeisters. Die Familie hatte lautstark eine umfassende Aufklärung und eine Gerichtsverhandlung in der Stadt Bonn gefordert, aber das wurde vom Cassius-Stift brüsk abgelehnt mit dem Hinweis auf die nur ihm zustehende Gerichtsbarkeit.

Außerdem sei die Leiche ja innerhalb des Stiftsbezirkes gefunden worden. Und so blieb Alexanders Tod ungesühnt. Die Bonner Bürger murrten heimlich über diese Handlungsweise, und die Gerüchteküche kochte an allen Ecken und Enden.

Wieder hatte für Helene ein neuer, grauer Morgen begonnen. Traurig hing sie ihren Gedanken nach und rührte lustlos in dem großen Topf mit Brei für die Pfründer. Die unangenehmeren Morgenarbeiten mit Putzen und dem Leeren der Nachtgeschirre hatte sie schon hinter sich gebracht. Eigentlich liebte sie das Kochen; es war appetitlich, man durfte hin und wieder kosten, ohne sich der Nascherei schuldig zu machen, und gut genährt blieb sie dabei auch.

Plötzlich schrak Helene auf. Was war das für ein Lärmen und Schreien? Das mußte vom Hospitaleingang kommen. Hastig ließ die Magd alles stehen, vergaß sogar, den Topf vom Feuer zu schieben, und eilte nach draußen. Dort sah sie den Hospitalmeister in Begleitung einer heruntergekommenen jungen Frau, die sich wild gebärdete. Eine Rothaarige, ging es Leni durch den Kopf, so viele gab es davon nicht! War das etwa die Garnhändlerin vom Markt? Aber wie sah die denn aus? Helene erschrak bei ihrem Anblick: Die sonst so adrette Person hatte ungekämmte zerzauste Haare, ihre Kleidung war beschmutzt und zerrissen. Und was sie von sich gab, verwirrte die Magd noch mehr.

»Ihr seid alle des Teufels! Mörderbande! Laßt mich los!« tobte sie, wild um sich schlagend.

Hilflos und ohne sichtbaren Erfolg versuchte der Hospitalmeister, die aufgebrachte Frau zum Schweigen zu bringen. »Helene wie gut, daß du gleich gekommen bist! Du mußt mir helfen. Diese Frau hat im Münster einen Aufruhr verursacht; offensichtlich ist sie von bösen Geistern besessen. Man hat uns von höherer Stelle aufgetragen, sie bei uns aufzunehmen und uns um sie zu kümmern. So einen Fall hatten wir noch nie. Aber ich denke, am besten machst du das; du hast bei den Alten auch so ein gutes Händchen. Das scheint mir eher Frauensache zu sein. Wenn sie gewaschen ist und sich wieder beruhigt hat, sehen wir weiter.«

Helene seufzte. »Wie Ihr befehlt.« Sie packte die Rothaarige am Arm und brachte sie in eine der abgelegenen Stuben des Hospitals. Mit Mühe gelang es ihr, die Frau zu ihrer zukünftigen Schlafstatt zu lotsen, denn die Irre klammerte sich mit Bärenkräften an Helenes Arme und setzte erneut zu ihrem unheimlichen Geschrei an. »Sie sind überall! Überall!«

»Wen meinst du denn?« fragte Helene und versuchte, die Frau zu beruhigen.

»Die Stimmen! Hörst du denn die Stimmen nicht? Immerzu habe ich sie im Ohr!« Weinend brach die Garnhändlerin zusammen, sie hatte kaum noch Kraft. Vom Umgang mit den Alten war Helene unverständliches Brabbeln gewöhnt, aber hier lag der Fall doch etwas anders. So einen Anfall hatte sie noch nie erlebt; aber so schnell ließ sie sich nicht unterkriegen. Versuchen wir es doch mal mit mütterlicher Autorität und Ruhe, sprach sie sich selber Mut zu. Sie holte tief Luft und betete um Geduld, ehe sie fragte: »Was denn für Stimmen? Wir sind doch hier alleine in der Kammer, und die hat dicke Wände.« So hoffte sie nun auf eine vernünftige Antwort.

»Sie bedrängen mich dauernd und befehlen mir die merkwürdigsten Sachen ...«

»Ich höre aber nichts«, versicherte Helene, denn für solche unheimlichen Spinnereien stand sie viel zu fest auf dem Boden der Tatsachen. »Hier gibt es nichts, nur dich und mich, und das Hospital ist sicher mit einer dicken Eichenholztür verschlossen. Jetzt beruhige dich mal. Ich bin die Helene und werde mich um dich kümmern, an mir vorbei kommt so schnell keiner an dich heran.« Die Magd hatte die richtigen Worte gefunden, denn die Augen der Rothaarigen blickten nun ruhiger.

»Ich glaube, bei dir kann ich mich sicher fühlen. Mein Name ist Walburga.«

Helene fiel ihre vergessene Kochstelle wieder ein. »Leg dich erst einmal hin und ruh dich aus. Ich bereite jetzt eine stärkende Mahlzeit für dich zu, und wenn du wieder zu Kräften gekommen bist, werden wir dich ein wenig herrichten. Ich komme gleich wieder.«

Walburga rollte sich augenblicklich auf dem Strohlager zusammen und war schon vor Erschöpfung eingeschlafen, als Leni an der Tür angelangt war. Mit einem letzten Blick auf die arme Frau eilte die Magd zu ihrer anderen Arbeit. Was mochte der Rothaarigen widerfahren sein? Aber das würde sie noch erkunden, erst einmal mußte der Mittagsbrei gerettet werden. Hoffentlich war noch nicht alles verbrannt.

Zu ihrer Überraschung roch es keineswegs unangenehm, als sie sich der Küche näherte, denn wie ein guter Engel stand Anna am Feuer und rührte im Essen. »Danke, Anna. Dich scheint der Himmel im rechten Augenblick zu mir geschickt zu haben. Ich mußte mich um eine Irre kümmern und konnte mich wahrhaftig nicht zerteilen.« Erst jetzt sah sie den Hospitalmeister, der es sich am Küchentisch bereits gut schmecken ließ.

»Wie geht es denn der Frau?« erkundigte er sich.

»Wie Ihr gesehen habt, war sie völlig durcheinander, aber ich konnte sie schließlich doch beruhigen. Jetzt schläft sie erst einmal. Aber ich kenne sie, es ist die Garnhändlerin Walburga vom Markt. Was ist ihr denn zugestoßen?«

Der Hospitalmeister konnte stolz mehr über die Kranke berichten. »Diese Walburga hat früher in Köln gewohnt, da hat sie auch ihr Handwerk gelernt. Eine Frau als eigenständige Händlerin so etwas kann doch nur aus Köln kommen!« Mißbilligend schüttelte der Hospitalmeister den Kopf. »Seit einigen Tagen hat sie ihren Stand auf dem Markt nicht mehr betreut, und heute morgen hat sie im Münster laute, wirre Reden gehalten. Die Geistlichkeit hat sie zunächst in Gewahrsam genommen und sich nach ihren Verhältnissen erkundigt. Ihre Hausleute, bei denen sie eine Kammer hat, haben berichtet, daß die Frau häufig nachts unterwegs gewesen sei. Sie hatten sich schon Sorgen gemacht, daß sie einer Hübscherin Unterkunft gegeben haben, ohne es zu wissen. Aber, so sagen diese braven Leute, sie habe vor einiger Zeit diese Ausflüge eingestellt und sei stattdessen immer stiller geworden. Gehört hätten sie kaum noch was von ihr, bis die Sache mit den angeblichen Stimmen angefangen habe. Bei ihren Hausleuten kann sie nach diesem Vorfall nicht mehr unterkommen. Aber warum das Stift sich derart für diese unbedeutende Frau einsetzt, weiß ich nicht.«

Helene hörte sich diese Auskünfte schweigend an und dachte sich ihren Teil. Als der Hospitalmeister schließlich nach beendeter Mahlzeit die Küche verließ, konnte die Magd sich endlich Anna zuwenden. »Anna, was geht denn nun schon wieder in Bonn vor? Was hat das Stift mit dieser Frau zu tun, und wie um Himmels Willen kommst du um diese Zeit in unser Haus? Mußt du nicht auch bei euch auftragen? Nicht, daß ich mich nicht darüber freue, schließlich hast du unser Essen gerettet. Aber gibt es etwa einen Zusammenhang zwischen deinem Besuch und Walburgas Ankunft?«

Anna grinste verschwörerisch. »Du hast wirklich ein helles Köpfchen. Natürlich hast du recht. Mein Herr Georg hat mich sofort zu euch geschickt, als er von Walburgas Anfall und ihrer Aufnahme im Hospital gehört hat. Ich soll euch hier wegen der ungewöhnlichen Kranken bei der Arbeit helfen. Frag mich nicht, warum sich ein Stiftsherr um das Wohlergehen einer rothaarigen Schlampe kümmert. Darüber will ich lieber nicht nachdenken, aber er hat, was die holde Weiblichkeit anbelangt, wohl einiges auf dem Kerbholz.«

In den folgenden Tagen verbrachte Helene viel Zeit bei Walburga, die immer noch zwischen Unruhe, Angst, Verzweiflung und Wirrnis hinund hergerissen war. Aber allmählich faßte sie ein stärkeres Vertrauen zu Helene und berichtete ihr Erstaunliches aus ihrem Leben. Die Magd wußte, wie wichtig es war, sich einiges von der Seele zu reden und hörte immer interessiert zu, zumal sie nach dem Leitsatz lebte: »Nimm Mitmenschen immer ernst, egal wer sie sind.«

In der Kölner Garnhändlerinnengilde war man stolz darauf, zum ersten Mal eine Gilde nur für Frauen geschaffen zu haben. Gleichzeitig sah die Führung aber nicht die täglichen Nöte ihrer Gildemitglieder. So war Walburga schließlich nach Bonn gezogen, um dort ihr Glück zu versuchen. Durch ihre Schönheit und ihre auffallende rote Haarpracht bekam sie bald Angebote, die nichts mit ihrem Gewerbe als Garnhändlerin zu tun hatten die aber wesentlich einträglicher waren als ihr Hauptgeschäft. So steckte sie zunehmend in einem Zwiespalt: hier die ehrliche Arbeit als Garnhändlerin, da ihre Tätigkeit als ‚Edelhübscherin', die ihr wesentlich mehr einbrachte. Mit dem Blick auf eine ungewisse Zukunft hatte sich Walburga auf den schmalen Pfad begeben und beides versucht. Was blieb ihr als alleinstehender Frau ohne Familie auch übrig? Sie mußte so viel zur Seite legen, wie sie nur konnte, um in Krankheit oder Not nicht von Almosen abhängig zu sein. Verschwiegenheit gehörte zu ihrem Leben, denn sie wollte nicht in den Rang einer ,Hübscherin' abgleiten, dafür war sie zu stolz auf ihre selbständige Arbeit. Nur wenigen Frauen gelang dies; so erntete sie von Helene auch oft bewundernde Blicke. Sie selbst, das Waisenkind, war ja nur Magd geworden. Helene lauschte allen Ausführungen aufmerksam. Als Walburgas Erzählungen jedoch in der nahen Vergangenheit angelangt waren, wurde sie hellwach. Walburga war bei den Ereignissen auf der Stadtmauer, in die auch ihr Josef verwickelt gewesen war, Zeugin: Sie war das Liebchen vom Stiftsherrn Georg. So hatte Anna mit ihren Andeutungen doch recht gehabt! Und alles paßte genau zu dem, was Josef ihr erzählt hatte. Er hatte sich trotz der Dunkelheit nicht getäuscht und war, wie konnte es anders sein, an dem Mord nicht beteiligt. Sie hatte sich in ihm nicht geirrt, aber gleichzeitig wuchs auch wieder die Angst um ihren Geliebten. Und nun schloß sich auch der Kreis, denn jetzt war klar, daß der Stiftsherr Georg seine eigene Magd als unwissende Spionin ins Hospital eingeschleust hatte. Aber davon ahnte Anna selbst nichts.

Dafür hatte sie sich in der Zwischenzeit tapfer bemüht, Helenes Arbeit im Haus zu übernehmen und beklagte sich zum wiederholten Male bei Helene, als diese in die Küche trat. »Meine Güte, wie hältst du es nachts nur neben dieser alten Vettel aus? Mir reicht ihr Schnarchen tagsüber schon. Tut sie denn

eigentlich nie etwas für Lohn und Brot, als die Vorratskammer aufzuräumen?«

Anna lachte, aber Helene fand, daß dieses Lachen
nicht ganz echt klang. Hatte Anna noch andere Sorgen, als in diesem ungewohnten Haushalt zu leben?

Auch am nächsten Morgen hatte man sie wieder
als Aushilfe ins Aegidius-Hospital entsandt. »Es ist ja
schön, daß ich dir hier helfen kann«, ereiferte sie
sich, »aber übermorgen lädt mein feiner Herr Georg
ganz Bonn zu einem Festschmaus ein, da muß ich
auch noch bei uns mit anpacken. Ich weiß gar nicht,
wie ich das alles schaffen soll, aber meinem Herrn ist
das egal. Er befiehlt, und wir müssen springen, dabei
hat man doch nur zwei Hände und kann nicht an
mehreren Orten zugleich anpacken.« Anna schnaubte
vor Ärger.

»Festschmaus? Gibt es denn einen besonderen
Anlaß?«

»Ja, den Namenstag unserer Stadtpatrone Cassius und Florentius. Da kommen natürlich alle, sogar
der Propst und der Bürgermeister. Und lumpen läßt
mein Herr sich auch nicht: Nur vom Besten wird aufgetischt. Hoffentlich bleibt nach der ganzen Schinderei auch eine kleine Leckerei für uns Mägde übrig.«

Helene bemerkte, daß ihre Freundin rot-
umränderte, verweinte Augen hatte. Zwiebeln fürs
Festmahl hatte sie doch bestimmt noch nicht ge-
schnitten? »Anna, was ist denn los? Du wirkst in der
letzten Zeit oft so bedrückt. Von zu viel Arbeit hast du
dich doch noch nie unterkriegen lassen.«

»Laß mich bloß in Ruhe«, fauchte Anna gereizt.
»Mir ist schon wieder so schlecht. Der Teufel soll ihn

holen, diesen Mistkerl ...« Mehr war aus ihr nicht herauszubekommen.

Helene warf einen heimlichen Blick auf die erboste junge Frau. Hoffentlich war diese Übelkeit kein schlechtes Zeichen. Hatte Anna nicht auch einen volleren Busen als früher? Das ließ Schlimmes ahnen. Aber wenn sie ihrer Freundin nicht mehr verraten wollte, wie sollte Leni ihr da helfen?

Als Helene später nach Walburga schaute, lag diese schwer atmend auf ihrem Lager und fror trotz des heißen Wetters. Helene fühlte ihr den Puls, so wie sie es den weisen Frauen abgeschaut hatte. Das machte sie bei allen Kranken, und so hatte sie im Laufe der Zeit eine Menge über den Puls und die Krankheiten gelernt. Sie hatte sich noch nie mit jemandem darüber ausgetauscht, aber für sich festgestellt, daß es durchaus verschiedene Pulsarten gab: den unregelmäßigen, flachen Puls der Sterbenden; den hohen, harten Puls der Fiebernden; den hohen, schlaffen Puls der Durchfallkranken. Walburga fieberte eindeutig, außerdem hustete sie fürchterlich. Damit kannte Helene sich aus. Husten und Fieber ging bei jungen, kräftigen Patienten häufig glimpflich aus, bei den Alten und Geschwächten führte es dagegen oft zum Tode. Hier zeigte sich die körperliche Erschöpfung der jungen Frau in der Krankheit, aber dagegen war ein Kraut gewachsen. So wusch die Magd ihre Patientin mit Kampferwasser; das senkte das Fieber meist und beruhigte. Auch bei Walburga hatte diese Behandlung Erfolg. Sie sank erschöpft zurück auf ihr Lager und schlief ihrer Genesung entgegen.

Dann eilte Helene zum Hospitalmeister und erbat seine Erlaubnis, als Gegenleistung für Annas Hilfe während des Festmahls aushelfen zu dürfen. Über Walburgas Zustand konnte sie nur das Beste berichten, so daß der Obere sie, wenn auch widerwillig, gehen ließ.

So fand sie sich am Nachmittag im Stift ein, beladen mit einem gut gefüllten Gemüsekorb, den sie auf dem Markt besorgt hatte. Ihre Freundin stand in Tränen aufgelöst alleine in der Küche.

Nun nahm Helene kein Blatt mehr vor den Mund. »Wer war dieser Kerl?«

Anna starrte sie fassungslos an. »Meine Güte, sieht man etwa schon, daß ich rund geworden bin?«

»Was glaubst du denn? Dir ist morgens übel, und dein Busen ist viel voller. Also kannst du nur schwanger sein. Aber wer zum Teufel hat dir das angetan?«

Wieder fing Anna an zu weinen. »Du hast ja recht, und ich bin froh, daß du es jetzt weißt. Schon seit drei Monaten warte ich auf mein Monatsblut. Wenn das der Herr Georg merkt, wirft er mich raus. Scheißmänner! Erst schwängern sie einen und dann wird man in Schimpf und Schande aus dem Haus gejagt. Ach Helene, was soll nun aus mir werden?«

Helene erstarrte. »Der Herr Georg selbst?« fragte sie noch einmal.

»Jawohl, oder meinst du, ich bin die Jungfrau Maria? Oh, könnte ich es diesem Dreckskerl doch irgendwie heimzahlen.«

Ihre Freundin war empört. »Dieser Schuft, da bin ich sofort dabei. Aber wie soll sich unsereins denn gegen einen hohen Herrn wehren?«

»Ich glaube, der Mann hat noch mehr Dreck am Stecken«, erwiderte Anna leise. »Als ich neulich seine gewaschene Kleidung in seine Truhe legen wollte, habe ich einen Siegelring gefunden. Er kann ihm gar nicht gehören, denn«, sie machte eine kunstvolle Pause, »er trägt ein fremdes Zeichen.«

»Woher weißt du das?« forschte Helene nach. »Ich bin zwar schwanger, aber nicht blöd. Das Wappen unseres feinen Herrn Georg prangt hier überall im Haus. Das Zeichen auf dem Ring sieht ganz anders aus: nur zwei verschlungene Buchstaben, glaube ich.«

»Und wann hast du den Ring gefunden?« wollte Helene wissen. »Vor ungefähr einem Monat.«

»Bist du dir da wirklich sicher? Nicht vielleicht vor zwei oder drei Monaten?«

»Ganz sicher, Leni. Das war die Zeit, wo ich schon seit zwei Monaten nicht blutete und mir schreckliche Sorgen machte.«

»Nun müssen wir einen kühlen Kopf bewahren und in Ruhe überlegen, was zu tun ist.« Helene setzte sich auf einen Hocker. Ein Gedanke kam in ihrem Kopf hoch, so kühn, daß sie sich kaum traute, darüber zu reden. Offensichtlich war der Stiftsherr nicht nur ein Mörder und ein Mädchenschänder, sondern darüber hinaus auch noch habgierig. Und die Untugend der Habgier konnte seine Überführung möglich machen. Entschlossen schaute sie ihre Freundin an. »Ich habe da eine Idee. Vielleicht können wir die Untaten deines Herrn aufdecken. Das Festmahl scheint der günstigste Moment dafür.« Und Helene weihte ihre Freundin in den gerade entstandenen Plan ein.

Ihre alte Tatkraft kehrte zurück, und sie fühlte sich wie neu geboren.

Georg von Buschhoven

Der Namenstag des Heiligen Cassius war für das Personal des Stiftsherrn Georg mit viel Arbeit verbunden. Während die hohen Herrschaften die Messe im Münster besuchten, brummte es in der Küche nur so vor Geschäftigkeit. Ein opulentes Mahl wollte vorbereitet und gekocht werden, und Helene, die aus dem Aegidius-Hospital herbei geeilt war, um ihrer Freundin Anna hilfreich zur Seite zu stehen, war froh, daß wenigstens die Köchin das Heft fest in der Hand hatte und jedem, der sich in der Küche aufhielt, mit energischen Worten seine Arbeit zuteilte. Das wäre nichts für sie gewesen zu ungewohnt waren die Speisen, die zubereitet werden sollten. Spanferkel und Pfauen brieten an riesigen Spießen über dem Herdfeuer; Aale wurden abgezogen, während sie noch zappelten; ungewohntes Obst wie Feigen lag in Körben auf dem Tisch ...

»Anna, wo gibt es solche Sachen zu kaufen? Und wie bereitet man sie zu?« Auch wenn Helene gerne kochte, in ihren Töpfen ging es doch etwas bodenständiger zu. Große Einkäufe auf dem Markt konnte das Spital sich nicht leisten, dafür gab es zu viele hungrige Mäuler zu stopfen. Nur wenn frische Abgaben aus den Höfen kamen, wurde der Speiseplan etwas abwechslungsreicher. Die Köchin freute sich über diese vielfältigen Zutaten; anscheinend kannte sie das alles und ließ sich von den ungewohnten Tieren nicht einschüchtern. Vielmehr kamen nur lobende Töne aus ihrem Mund: »Endlich einmal frische Ware! So etwas Gutes gibt es aber nicht auf unserem Bonner Markt!« Freudig erregt werkelte die Köchin in ihrem Revier.

Der große Saal war mit grünen Eichenlaubgirlanden geschmückt; riesige Kandelaber mit Bienenwachskerzen standen auf den Tischen. Sie würden zwar am Abend ein wunderbares Licht verbreiten, aber gleichzeitig auch für weitere Hitze sorgen. Deshalb waren die Fenster des Saales noch weit geöffnet, um für kühlere Luft zu sorgen.

Helene hörte, wie die Kirchenglocken läuteten die Messe war zu Ende. Jetzt wartete neue Arbeit auf die Freundinnen: sie hatten den Auftrag, das Essen hereinzutragen und den Gästen aufzuwarten.

»Anna, so verschwitzt wie wir sind, können wir uns nicht blicken lassen. Komm hier ans Wasserfaß und jetzt eine Handvoll Wasser ins Gesicht.«

»Das ist aber das gute Brunnenwasser, was für die Gäste gerade erst frisch geschöpft wurde!«

»Na und? Ich will einen anständigen Eindruck machen bei den hohen Herrschaften! Bei der Fülle an Wein und Bier kommt es doch nicht darauf an, wenn denen ein bißchen Wasser fehlt.«

Beide Mädchen erfrischten sich und richteten ihre Kleidung, dann griffen sie nach den bereitstehenden Weinkrügen, um sie im Festsaal auf den Tischen zu verteilen.

Bald darauf betraten der Stiftsherr Georg und seine Gäste den Ort des großen Schmausens. Dem in feinste Gewänder gekleideten Georg folgte zuerst der Bürgermeister Jochen Obesitas, ein großer, schlanker und leicht ergrauter Herr, der seine Amtskette mit Würde trug. Neben ihm erschien seine Frau Barbara. Beiden merkte man die Trauer um ihren toten Sohn deutlich an, obwohl sie sich um Fassung bemühten. Frau Barbara gab ihrer gedrückten Stimmung Ausdruck mit einem dunklen, schlichten Gewand; aber auch in diesem blieb sie eine auffallend elegante Erscheinung. Es ging das Gerücht, sie sei eine starke Persönlichkeit, die zu Hause eindeutig das Sagen habe. Aber als Frau hatte sie keine Aussicht auf ein öffentliches Amt, sondern konnte wohl nur als graue Eminenz ihrem Mann zur Seite stehen und ihn beraten. Niemanden würde es verwundern, wenn sie nicht heimlich die Geschicke der Stadt Bonn mitbestimmte es gab sogar Menschen, die von ihr als "unsere Bürgermeisterin" sprachen.

Diesem erlauchten Paar folgte der wohlhabende Kaufmann Balthasar Vesper mit seiner Frau Pia. Sie waren beide der Kunst zugetan und hatten bereits für die Martinskirche ein Heiligenbild gestiftet. Nach außen hin sollte diese Stiftung ein Zeichen ihrer besonderen Frömmigkeit sein. Nicht umsonst bedeutete Pia ja auch die Fromme, obwohl man munkelte, daß sie bigott war. Spenden nach außen hin zur Ehre des Hauses waren das eine, aber Mildtätigkeit gegenüber den Bedürftigen walten zu lassen, dafür waren sich die Vespers häufig zu fein. Auch Pia Vesper war bekannt dafür, daß sie nicht nur eine kunstsinnige, sondern ebenso eine energische Frau war, die es gerne gesehen hätte, wenn ihr Gemahl das Amt des Jochen

Obesitas errungen hätte. Ob ihr Ehrgeiz und ihre Intelligenz dafür ausreichen würden, dieses Ziel zu erlangen, konnte erst die Zukunft zeigen.

Helene beobachtete die beiden Frauen heimlich, aber mit großem Interesse. Eindeutig besaß Pia Vesper nicht diese natürliche Eleganz, die der Frau des Bürgermeisters eigen war. Vielmehr versuchte sie deren Schlichtheit zu kopieren, konnte es aber nicht lassen, ihren Reichtum besonders zur Schau zu stellen So blitzten unter ihrem üppigen Seidengewand weißlederne, mit schwarzen Lederflecken verzierte Schnabelschuhe hervor, die Helene überhaupt nicht gefielen viel zu auffällig!

Aber es war schon interessant, diese zwei Frauen zu beobachten, die sich mit ausgesuchter Höflichkeit begegneten, leicht miteinander plauderten und trotzdem mit jeder Faser ihres Körpers signalisierten, daß sie einander nicht gerade zugetan waren.

Nach und nach betraten weitere erlauchte Gäste den Raum: der Stiftsdechant Johannes von Virneberg, ein ungewöhnlich hoch aufgeschossener Mann mit kurz geschorenen Haaren, der sehr kühl schien und offensichtlich einschüchternd auf den Stiftsherrn Georg wirkte; die ihm folgenden Stiftsherren dagegen brachten eine angenehmere, warme Atmosphäre mit sich, was die vorher mühsam geführten Gespräche unter den Gästen wieder aufleben ließ. Als das Thema zufällig auf die Stadt Tübingen kam, taute sogar der kühle Stiftsdechant auf, der offensichtliche eine Zeitlang dort gewirkt hatte und von seinen Erfahrungen berichtete. Zuletzt erschien der Propst selbst, ein eher gemütlich wirkender, rundlicher

Mann, der aber trotz allem eine natürliche Autorität ausstrahlte.

Nun endlich konnte die Gesellschaft zu Tisch schreiten. Nachdem der Propst den Segen über das Mahl gesprochen und sich ein kurzes Tischgebet angeschlossen hatte, servierten Helene, Anna und die anderen Bediensteten gesottene Aale und Omeletts mit gewürfelten Zwiebeln, Mandeln und Knoblauch, die köstlich dufteten. Der Propst sah sich zu einem Scherz veranlaßt:

»Georg, das ist ein Mahl für alte zahnlose Gäste! Habt Ihr dabei etwa an mich gedacht?«

»Ich habe nur an meine eigenen Zähne gedacht, verehrter Herr Propst!« gab Georg unerschüttert zurück. Offensichtlich hatte er diesen Witz schon öfter gehört und war nicht geneigt, die Tischrunde in eine heitere Stimmung zu versetzen. Es war für ihn ein offizieller Anlaß mit vielen hohen Personen, aber keine harmlose Tischgesellschaft.

Während das Personal Spanferkel, gebratene Pfauen und gefüllte Kapaune auf die Tische stellte, plauderte die Tischrunde munter weiter und ereiferte sich über den Ungehorsam der Kölner Bürger gegenüber der Heiligen Mutter Kirche, bis der Stiftsdechant kurz und trocken bemerkte: »In Bonn war die Heilige Kirche auch viele Jahre nicht anwesend.«, was die launigen Gespräche gleich wieder zum Versiegen brachte. Dem Propst gelang es jedoch, die Stimmung wieder zu heben. »Johannes, was seid Ihr wieder so ungemütlich! Euer Ernst wird Euch noch einmal zum Verhängnis werden!« Ein Witz über die

Kölner Bürgerschaft sorgte dafür, daß die Gäste sich entspannten.

Der Nachtisch aus Rosinen, Feigen und Honigkuchen wurde den Gästen von Anna und Helene auf zwei großen Silberplatten angeboten. Alle freuten sich über den süßen Abschluß des Mahles und griffen herzhaft zu; das Geplauder wurde, auch unter dem Einfluß des reichlich fließenden Weines, lauter und fröhlicher.

»Au! Das war mein Zahn!«

Stille.

Der Stiftsdechant Johannes von Virneberg popelte in seinem Mund.

»Georg, was laßt Ihr Steine in Euer Honigbrot backen bestraft Eure Köchin!«

Der Stiftsherr Georg setzte zu einer Entschuldigung an, kam aber nicht zu Wort.

»Das ist kein Stein, sondern ein Ring, Georg!« Der Stiftsherr erstarrte. »Ein Ring? Unmöglich!« »Doch. Ein Siegelring.« Johannes von Virneberg beäugte den Störenfried, der seinen Zahn beschädigt hatte. »Mit zwei Buchstaben. A und O. Das Monogramm Gottes, Anfang und Ende, hahaha!« Ein plötzlicher Schrei gellte durch den Raum.

»Alexander!«

Alle Augen wandten sich zu Barbara Obesitas, die kreidebleich auf ihrem Platz saß.

»Ich will sofort diesen Ring sehen! Er gehörte ganz sicher unserem Sohn Alexander! Das sind seine Initialen.«

Der Propst bemühte sich, die entsetzte Frau zu beruhigen. »Eure Trauer ist verständlich, Frau

Barbara, aber sie macht Euch vielleicht ein wenig wirr. Wie sollte denn der Ring Eures so schrecklich verstorbenen Sohnes in die Speise gelangt sein. Ihn haben sicher die Schweine im Ychpohl an sich genommen. Aber nehmt den Ring und seht selbst, daß Ihr Euch irrt. Johannes, gebt der Frau Bürgermeisterin den Ring.«

Inzwischen war der Bürgermeister zu seiner Frau getreten. Er warf nur einen kurzen Blick auf das corpus delicti.

»Das ist eindeutig der Ring unseres Sohnes«, sagte Jochen Obesitas scharf. »Ich erkenne den Stein wieder, den ich ihm von einer Reise hierfür mitgebracht habe. Wie, edler Herr Georg, kommt er in Euer Haus?«

Eisiges Schweigen im Festsaal. Die Gäste saßen gebannt und harrten der Dinge, die da kommen sollten. Helene und Anna standen stumm an der Wand und hielten den Atem an. Würde Georg die Wahrheit erzählen?

Der saß bleich und zusammengesunken in seinem Sessel. »Ich weiß nicht, wovon Ihr redet. Wollt Ihr mich etwa verdächtigen? Ich habe das Essen doch nicht zubereitet.«

In diesem Augenblick schob Helene Walburga in den Festsaal, die sofort auf Georg zusteuerte.

»Wollt Ihr jetzt nicht endlich Euer Gewissen erleichtern und sagen, was in der Nacht auf der Mauer mit Alexander geschah?«

Der Stiftsherr wimmerte. »Das war doch ein Unfall! Ich wollte ihm nichts Böses! Was hat er sich auch auf meinem Besitz herumgetrieben!«

»Herr, Ihr habt ihn angegriffen! Ihr seid nicht völlig unschuldig an seinem Tod. Gesteht endlich alles und beichtet Eure Sünde hernach denkt doch an Eure ewige Seligkeit!«

Georg wurde noch kleiner und kläglicher, aber dann holte er tief Luft. »Ich gestehe alles. Diese Qual, welche auf meiner Seele lastet, kann ich nun nicht länger ertragen. Lieber nehme ich alle irdischen und weltlichen Strafen hin.«

Und dann erzählte er der entgeisterten Gesellschaft, was in der Nacht auf der Stadtmauer passiert war.

Eine Zeitlang herrschte Schweigen unter den Gästen. Dann ergriff der Propst das Wort.

»Stiftsdechant, Ihr habt gehört, wie sich alles zugetragen hat. Geleitet den Sünder in sein Gemach! Und seht zu, daß er dort nicht ohne Aufsicht ist. Wir werden die nötigen Schritte einleiten.«

Epilog

Zur großen Verärgerung des Bürgermeisters versuchte das Stift, diesen unliebsamen Vorfall zu vertuschen. So fand der Stiftsherr Georg ein Schlupfloch, um seiner irdischen Strafe zu entgehen. Er schützte eine Marienwallfahrt zur Rosa Mystika nach Buschhoven vor, um erst einmal die Stadt verlassen zu können. Sollte er von dieser unbeschadet zurückkehren – er war nie ein großer Wanderer gewesen – wollte er sich um sein Seelenheil kümmern und sich danach in das Kölner Kloster St. Severin zurückziehen.

Hier würde er sich ganz dem Gebet zuwenden; selbst wenn über diese Geschichte Gras gewachsen war, die Hoffnung auf ein öffentliches Amt als Kleriker konnte er für immer aufgeben.

Alle Gäste des Festmahls waren zum Schweigen verpflichtet worden, in das sich die trauernden Eltern nur widerstrebend gefügt hatten. Ihr politischer Verstand hatte über ihr Gefühl gesiegt. Ein Aufstand der Bürger gegen den Klerus konnte nicht in ihrem Sinne sein. Dennoch kursierte die Geschichte von Georgs Untaten in Bonn, und dies lag sicher auch an Helene und Anna, die sich darüber freuten, daß sie dem lasterhaften Stiftsherrn die Maske eines Ehrenmannes vom Gesicht hatten reißen können. Und so verbreitete sich ihr Bericht unter dem Siegel der tiefsten Verschwiegenheit wie ein Lauffeuer in der ganzen Stadt.

Trotz ihres Erfolges war Helenes Freude getrübt. Josef war immer noch verschwunden, und sie hatte keine Ahnung, wie und wo sie ihn suchen sollte. Sie vermißte ihn unendlich. Anna dagegen konnte überhaupt nicht verstehen, warum ihre Freundin so lustlos bei ihrer Arbeit war.

»Helene, ich habe dich seit Tagen nicht mehr lachen hören. Freu dich doch!«

»Ach, Anna...«

»Ach Anna!« äffte ihre Freundin sie nach. »Jetzt aber mal munter gelacht und gesungen! Wir haben den Stiftsherrn überführt, ohne selber Schaden zu nehmen, und allen Grund, fröhlich zu sein! Du jedenfalls. Ich dagegen...«, betrübt strich Anna sich über ihren sich rundenden Bauch.

Helene war sofort von Gewissensbissen geplagt.
»Sei mir nicht böse, Anna. Ich weiß, für dich wird es
jetzt schlimm mit dem Bankert. Bald werden sie es
merken und dich verjagen. Dagegen sind meine Sorgen natürlich ganz klein. Ich bin ja nur unglücklich
verliebt.«

Anna horchte auf. »Davon hast du mir ja noch gar
nichts erzählt. Wer ist es?«

»Der Josef, vom Propsthof in Endenich.« Und nun
erzählte Helene ihrer atemlos lauschenden Freundin
endlich die ganze Geschichte von Josef, ihrer beider
Liebe, seiner Verwicklung in den Mord auf der Stadtmauer und seinem Verschwinden. Nun wurde Anna
klar, daß mit Helenes Plan gleich zwei unschuldigen
Opfern Gerechtigkeit widerfahren war. Eine schlaue
Freundin hatte sie. Wenn ihr doch auch noch ein Plan
für Annas Zukunft einfallen würde...

»Wie konntest du das alles so lange für dich be-
halten? Das ist ja eine schreckliche Geschichte!«

»Ja«, sagte Helene bedrückt. »Und vor allem
weiß ich nicht, wie es jetzt weitergehen soll. Ich kann
doch nicht durch das ganze Land ziehen und nach ihm
suchen.«

Auch ihre Freundin wußte keinen Rat.

Aber es gab jemanden, der ihr helfen konnte, obwohl sie es nicht ahnte. Bald war der Skandal um den
Stiftsherrn Georg auch zum Endenicher Pfarrer gelangt. Der atmete einmal tief durch vor Erleichterung,
sprach ein kleines Dankgebet. So stimmt die Geschichte, die mir der brave Josef erzählt hat, völlig.
Aber daran habe ich auch nie gezweifelt. Er hat wohl
im Siechenhaus viel gebetet, daß ihm jetzt die

himmlische Gerechtigkeit zu Hilfe gekommen ist. Aber ein bißchen irdische Unterstützung von seinem alten Pfarrer wird er jetzt dennoch nötig haben, dachte er bei sich und machte sich dann auf den Weg zum Halfen des Propsthofes.

»Grüß Gott, Halfen. Ich muß mit Euch reden.«

»Ihr seid immer willkommen, Hochwürden. Worum geht es denn?«

»Um Euren neuen Oberknecht, den Josef.«

»Das ist nicht mehr mein Oberknecht«, fauchte der Halfen. »Der ist eines Tages verschwunden, und niemand hat ihn jemals wieder gesehen. Wenn ich den erwische, dem wird es sauer ergehen.«

»Nein, nein«, erwiderte Pater Engelbertus milde. »Es ist ganz anders, als Ihr denkt. Der arme Kerl ist völlig unschuldig in eine tödliche Gefahr geraten. Das dürft Ihr ihm nicht vorwerfen. Laßt mich Euch nun die ganze Geschichte erklären. Einen so treuen Knecht wie den Josef findet Ihr so schnell nicht wieder. Laßt ihn nach seiner Rückkehr sein Amt wieder übernehmen, und er wird es Euch mit doppeltem Fleiß und bedingungsloser Treue belohnen. Dafür kenne ich den Josef viel zu genau. Doch nun hört erst einmal, was sich alles zugetragen hat. Die städtischen Vorfälle sind Euch sicher bekannt, aber nicht Josefs Verkettung in eine Vielzahl unglücklicher Zufälle.«

Eine Stunde später machte sich der Pfarrer in Begleitung eines Knechts vom Propsthof auf den Weg zur Josefshöhe. Der Halfen hatte ihm recht gegeben und freute sich schon auf die baldige Rückkehr seines Oberknechts, den er wie einen verlorenen Sohn wieder aufnehmen wollte. An dieses Gleichnis hatte

Pater Engelbertus ihn gar nicht erinnern müssen, war es doch auf dem Hof bekannt, wie mildtätig und fürsorglich der Halfen zu seinen Untergebenen war.

Zwei Monate später, zu Martini, spendeten Josef und Helene sich in der Endenicher Magdalenenkirche das heilige Sakrament der Ehe. Der Halfen und das gesamte Gesinde des Propsthofes wohnten der Messe bei; unter ihnen befand sich auch Anna. Sie war als neue Küchenmagd auf den Propsthof gekommen. Wiederum hatte der Pfarrer dabei seine Finger im Spiel. Als er Josefs Verlobte das erste Mal gesehen hatte, war er glücklich über die gute Wahl des Knechts. So ein handfestes und gläubiges Weib war eine Bereicherung für seine kleine Gemeinde. Er konnte sich vorstellen, daß sie ihm ebenso wie ihr Josef ans Herz wachsen würde. Als sie sich dann mit der Bitte um Hilfe für ihre Freundin Anna an ihn gewandt hatte, hörte er mit Entsetzen deren ganze Geschichte. Was war der Stiftsherr Georg doch für ein Teufel! Geschah ihm ganz recht, daß er unehrenhaft aus seinen Ämtern entlassen war und nun jedwedem Luxus wie ein armer Bruder abschwören mußte. Aber er hatte das Unheil als Kirchenmann über die junge Magd gebracht, und so fühlte Engelbertus sich verpflichtet, im Sinne seiner Kirche der armen Kreatur zu helfen. Wieder fand er bei dem guten Halfen ein offenes Ohr. Durch einen Todesfall war eine Stelle vakant, und auf ein Kind mehr oder weniger kam es auch nicht an. So erhielt Anna den Posten einer Küchenmagd. Die Freundinnen konnten nun zusammen auf dem Propsthof ihrer Arbeit nachgehen. Und vielleicht, so hoffte Leni, wurde die schmucke Anna so glücklich wie sie mit einem der jungen Knechte.

Manch einer fragte sich, was diese hübsche rothaarige Person, die offensichtlich eine Städterin war, in der Kirche zu suchen hatte. Aber dieses Geheimnis wurde den neugierigen Endenichern denn doch nicht gelüftet. Sie mußte wohl eine Freundin der Braut sein, auch wenn man es sich nach ihrer gepflegten Erscheinung kaum vorstellen konnte.

Während der Trauung hing das junge Paar vor dem Altar seinen eigenen Gedanken nach.

Josef war dankbar und froh, daß er die Verbannung bei den Aussätzigen unbeschadet überstanden hatte. Er sah seinen weiteren Lebensweg klar vor sich: Er würde mit seiner Arbeit auf dem Propsthof seine Familie ernähren können. Wenn es nur nicht so mühselig wäre, für das tägliche Brot zu sorgen! Immer wieder würde es verhagelte Ernten geben, oder Korn, das in der Sommerhitze am Halm verdorrte. Ob es wohl eines Tages bessere Nahrung geben würde, die gut gedieh und alle Menschen satt machte?

Helene tastete verstohlen nach der zarten Rundung, die unter ihrer Cotte noch kaum zu ahnen war. Sie freute sich auf ihr Kleines. Hoffentlich würde es eine Tochter, die konnte ihr bei der Hausarbeit zur Hand gehen. Und wer weiß, vielleicht würde es ihrem Töchterchen ja eines Tages besser gehen als ihr, der einfachen Frau? Walburga hatte ihr Mut gemacht, daß auch Frauen in anderen Bereichen denn als Hausfrau oder Nonne noch ein eigenständiges Leben führen konnten. Die Welt änderte sich so schnell, da war vieles möglich. Sie selbst war mit ihrem Schicksal zufrieden, hatte sie doch ihren Josef jetzt ganz für sich vom Morgen bis zum Abend. Und die Plackerei auf dem Hof störte sie nicht. Sie arbeitete gern. Helene lachte leise über ihre dummen, vermessenen Gedanken, während der Priester seinen Segen über das junge Paar sprach. Morgen muß ich bei der Jungfrau Maria ein Gebet sprechen, daß ich in der wichtigsten Messe meines Lebens so unaufmerksam war, dachte sie Aber das Sakrament spenden sich die Eheleute ja selber, und das haben wir doch schon vor der Kirche erledigt.

Anhang

Abbildungen

Abb 1. Endenich 1366

Abb. 2 Bonn und Umgebung 1366

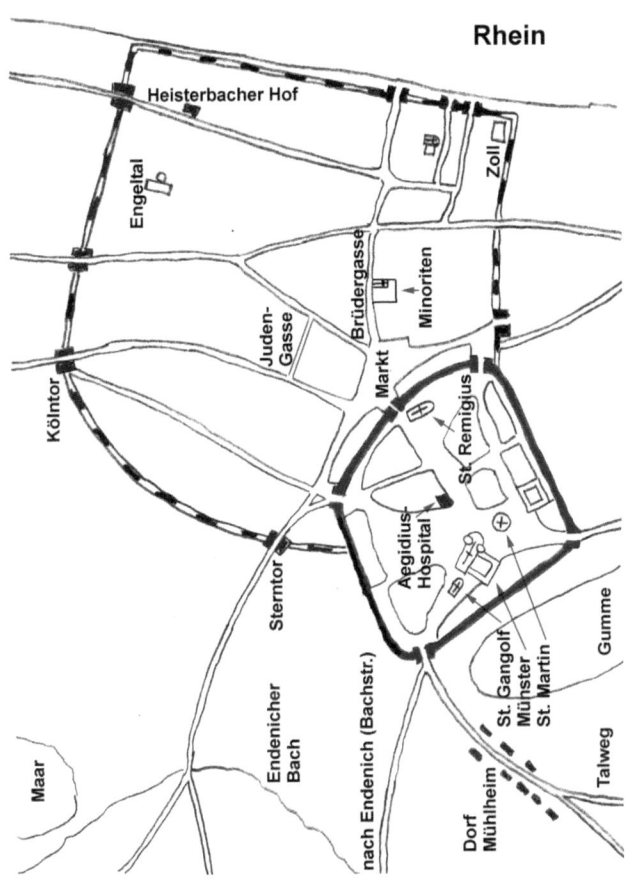

Abb. 3 Bonn Ausschnitt des Merian-Planes mit den Wegen des Josef am ersten Abend

Der Merianplan stammt aus dem Jahr 1646 und stellt nicht mehr alle Details der Stadt aus 1366 dar, so ist die Kuiter-Pforte (zur heutigen Kaiser-Straße) geschlossen und die Stadtmauern sind wesentlich dicker gestaltet, als die damalige Befestigung (s. Abb. 2).

- ca 800 Bau einer Befestigungsanlage um das Cassius-Stift
- 804 überträgt Rungus aus Bonn dem Cassius-Stift 2 Morgen Ackerland bei Antiniche (Endenich).
- 814 Lutfried von Antinicio schenkt dem Cassius-Stift alles, was er in Endenich an Land, Gebäuden und Gewässern besessen hat. Damit wird der Propst-Hof Endenich gegründet.
- 1060 Neubau des Münsters
- 1112 Neubau des St. Aegidius-Hospital
- 1131 die Lambertuskapelle in Endenich wird urkundlich benannt
- ca. 1200 Bau von St. Maria Magdalena in Endenich an der Ecke Frongasse und Magdalenenstraße, gegenüber der heutigen Stadtsparkasse
- 1244 Konrad von Hochstaden gewährt das Stadtprivileg, die neue Stadtmauer wird gebaut
- 1291 Bonn wird von Papst Nicolaus IV. wegen Streit zwischen den Bürgern und dem Münster mit dem Interdict belegt. Alle Kirchen werden geschlossen, die Priester verlassen die Stadt. Der Kirchenbann wird erst nach ca. 20 Jahren aufgelöst.
- 1331 erstmals werden Bürgermeister der Stadt Bonn erwähnt
- 1346 Markgraf Karl von Mähren wird im Bonner Münster zum König gekrönt und wird damit zum Gegenkönig gegen Ludwig, den Bayern

- 1349 Pestwellen gingen über die Stadt Bonn und führen zur Ermordung von jüdischen Bonner Bürgern
- 1357 Johannes, Cardinal (Portuensis) wird Propst des Cassius-Stiftes
- 1362 Johannes von Virneburg wird Stiftsdechanent (= Stellvertreter des Propstes)
- 1366 zerstören junge Bürgersöhne die Teppenaufgänge von den Kanoniker-Häusern zur Stadtmauer.
- 1373 fällt der Erzbischof Friedrich III. einen Schiedsspruch und bestätigt, daß die Kanoniker keine Eigentumsrechte an der Stadtmauer Bonns hätten. Im Gegenteil, ihm, dem Erzbischof, ständen alle Rechte der gesamten Stadtmauer Bonn zu.

Glossar

Buhle	leichtes Mädchen
Cotte	Hemdartiger Rock aus Wolle oder Leinen, gerade und weit geschnitten und mit angeschnittenen Ärmeln, in der Hüfte mit einem Gürtel zusammengehalten
Halfen	Verwalter eines kirchlichen Hofes
Hübschlerin	Prostituierte
Komplet	ca. 21:00 Uhr
Müderer	Verwalter der Korneinnahmen des Münsters
Non	ca. 15:00 Uhr
Pfründe	Geld oder Sachmittel, die als Rente eingesetzt werden
Pründerin	Inhaberin von Pfründen, also eine finanziell abgesicherte Frau
Schellenknecht	Gesunder, der für die Lepra-Erkrankten auf vorgeschriebenen Wegen in vorgeschriebener Tracht betteln geht
Schrage	Gestell aus zwei gekreuzten Holzbrettern. 2 Schragen und eine Tischplatte ergeben einen Tisch, den man überall (also auch auf dem Markt) schnell auf und abbauen kann
Terz	ca. 9:00 Uhr

| Vesper | ca. 18:00 Uhr |
| Ychpohl | Tümpel auf dem Bonner Münsterplatz |

Literatur:

- H. Weffer: Endenich: Die Geschichte eines Bonner Vorortes; Verlag Ortsausschuß Bonn-Endenich 1987, Druckerei R.W. Gruna Bonn-Endenich

- E. Ennen, D. Höroldt: Kleine Geschichte der Stadt Bonn; Wilhelm Stollfuss Verlag Bonn 1968

- G.H.C. Maaßen: Geschichte der Pfarreien des Dekanates Bonn I. Theil: Stadt Bonn, J.P. Bachem, Köln 1894

- Bonn und sein Münster, Götz Schwippert Verlag, Bonn 1947

- F. Irsigler, A. Lassotta: Bettler und Gaukler, Dirnen und Henker Außenseiter in einer mittelalterlichen Stadt -, DTV Verlag München 1998

- Stadtluft, Hirsebrei und Bettelmönch Die Stadt um 1300 Herausgeber: Landesdenkmalamt Baden-Württemberg und die Stadt Zürich, Konrad Theis Verlag Stuttgart 1992

- H.P. Höpfner: Bonner Krankenhausgeschichte, Druck Paul Zimnoch und Söhne Alfter-Impekoven 1992

- Erika Uitz: Die Frau im Mittelalter, Tosa Verlag Wien 2003

- Manfred van Rey: Kirchen und Stadt Bonn im Mittelalter, Rheinland-Verlag Köln 1989

- J. Dietz: Topographie der Stadt Bonn Teil 1 + 2, Bonner Geschichtsblätter Band 16 + 17, Bonn 1962 + 1963